吳郭魚婆婆

跳舞鯨魚◎著
本大麟◎繪

穿越迷幻繽紛的時空隧道，
那些妖怪，那些傳說……
一場尋家之路的奇幻旅程。

晨星出版

作者序

大家好，我是跳舞鯨魚，熱愛寫作、著迷童話、喜歡說故事跟分享各種知識、經驗，期望以文字和讀者一起更認識這個世界。

各位讀者，請問這個世界有妖怪嗎？妖怪是否有自己的妖怪世界呢？

有一天，我遇見一個和本書主角郭耀諾很像的男孩，他問我說：「這個世界有妖怪嗎？妖怪是什麼？人會變成妖怪嗎？」

頓時，我腦海中浮現了各種妖怪故事，有虎姑婆、矮黑人、鬼魂、巨人和各種動物形成的精怪等等，這些故事所描述的神奇現象，究竟是生物造成的，還是超自然力量形成的呢？

要想瞭解生物和超自然力量的奧祕，不得不從世界的最初開始探索。

世界的起源本身就是一件相當奇妙的事件，遠在一百三十七億年前，宇宙發生了很偶然的意外，我們所居住的宇宙才因此形成，而在漫長的時間流中，還要等到四十六億年前，地球才終於從那次宇宙大爆炸的餘波，慢慢蛻變成為一顆美麗的行星。地球形成的過程非常艱辛，一次又一次的地球世界末日，才造就了今日的海洋，地球上的生命因此相繼出現。

我們永遠無法清楚過去地球發生了什麼事，就如深海底，到底還有多少不被人類所知的生

——跳舞鯨魚

物。小時候，我相信蛇頸龍仍然活在廣闊無垠的海洋。有些傳說指出，水怪就是蛇頸龍的後代。人類尚還無法探知經歷過多次世界末日的地球，究竟還藏有著什麼樣的神奇祕密。正因為有那些祕密，才使人類得以想像，或許真有某些地方，能藏匿比樓房還高的蛇頸龍，並且能養活那麼大型的古代生物，又不被人類所發現。

水怪真的是蛇頸龍嗎？

有人說：水怪是格陵蘭鯊，在人類知曉這種動物之前，沒有人會相信有一種大魚能同時生活在淡水和海水，而那種魚類還能夠長到六、七米以上，更沒有人能釐清那種鯊魚竟然能活到五百歲。格陵蘭鯊作為人類已知的生物，牠們的生命型態對人類而言，目前仍舊是一團神祕的謎霧。

格陵蘭鯊的發現有賴科學家持續不斷探究，而自古，海中巨怪的傳說則來自經常往返海上的水手們所描述。他們口中述說的那些海怪，有些被認為是鯨魚，有些是大王烏賊，有些則是神祕的大章魚形象。人魚也是海怪的一種，人面魚則屬於人魚的分支。

古今中外，人面魚的傳說不斷。這種神祕生物，從《山海經·南山經》中也能找到端倪，「青丘之山……其中多赤鱬，其狀如魚而人面……」現存的魚類，最常出現類似人面的魚，莫過於觀賞用的錦鯉。錦鯉的壽命很長，生命型態也很神祕，傳說有日本錦鯉活了兩百多歲，法國更有野生錦鯉竟比一個三歲小孩的身高還要長。

這世界果真很奇妙，就連人類熟知的錦鯉也有神奇的生命現象，更遑論地球上百分之七十都是水，水裡仍有無數的生物，有待人類去探尋。或許，我們總有一天能夠明瞭，古人傳說的妖怪是什麼樣的物體或力量，以及都市裡傳說的妖怪是不明生物還是擁有超自然力量的精怪。那些謎團的答案，也許就隱藏在地球的奧祕之中。

就如那個像郭耀諾的男孩，他阿公曾跟他說起，一個神祕的事情。

故事就發生在他阿公還很年幼的時候，那時樹林還密集在西部平原上。他阿公直跟著一道像是動物又像是矮人的黑影，先是跑上一座滿布石堆的小丘……他緩緩謹慎地走下一塊一塊若石梯般的道路，那道路的盡處似乎有複雜的岩穴入口，只見那黑影選擇某一個入口，他跟了上去，直跑進那黑影所竄入的入口。

眼前一陣黑之後，視覺好不容易適應起洞穴內的微弱光線……那個像郭耀諾男孩的阿公抬頭一看，便望見洞穴裡到處一閃一閃就像是星星被鑲嵌在石壁上。那究竟是什麼東西，是有光線透過洞穴內的縫隙，所以才映照出星點般的光，或者是有其他光源反射出洞穴岩石裡的礦物，因此發出亮晶晶的光芒，或許是某種會發光的微生物就附著在那處神祕的洞穴。

那個像郭耀諾男孩的阿公繼續走，憑藉著點點微光和腳步聲，他跟上黑影的速度，進入更蜿蜒的通道。走著走著，來自石壁上的亮晶晶光線漸漸暗下，直到出現一座老舊的木門，黑影推開了木門，木門的另一邊又是一條長長直直的通道。在那裡，偶爾出現石頭裂縫，陽光便能從那縫隙間灑下。那通道的四周還漸漸出現了風聲，空間也越來越寬敞，空氣裡還瀰漫著海的氣味……

黑影卻唰的一聲，瞬間消失在通道盡頭的光亮處。

那個像郭耀諾男孩的阿公一時間適應不了明亮的強光，眼睛直拚命眨。他只好摸索走出了通道，眼前出現的竟是一座古老聚落，那裡全都由奇怪石塊堆疊而成。那些石塊像是土塊又像是磚塊，卻滿布石頭的紋理，那些石塊就被堆在各處角落，像是宮殿、牌樓和拱門。他不知道走了多久，迷迷糊糊又繞回原本他熟悉的森林。

那個像郭耀諾男孩的阿公從古老聚落鑽出後，想去告訴其他大人，卻再也找不到那些複雜的岩洞入口。

這是怎麼一回事呢？

曾經，也有許多原住民傳說，出現過神祕矮人的聚落。如今，隨著那些曾目擊或是還能記憶祖先口述傳說裡神奇洞穴或聚落位置的老人家們已然一一凋零，也就再也沒有人能夠知道那些神祕矮人聚落或是洞穴的確切位置。

傳說，終究淹沒在荒煙漫草之中。

那是否還有現代的妖怪呢？現代的妖怪或許是古代妖怪的後代，也有可能是未知生物的現身，或者正因為地球氣候的改變與自然環境的破壞等因素，正在產生新的妖怪也說不定。

本書所描述的「吳郭魚婆婆」，應該屬於人面魚的一種，那究竟是古代人魚妖怪的後代，還是現代新產生的妖怪呢？欲知詳情，請緊跟著吳郭魚（瑜）三人組，吳米妮、郭耀諾和施子瑜一起在古老傳說下，展開一場奇幻的探險之旅。

推薦序
魚肉好吃否？

——兒童小說家 王力芹

小時候我很怕腥味，跟著大人上市場經過魚攤總是掩鼻，餐桌上偶有魚的料理總也避之唯恐不及，始終讓箸與之保持距離，實在是對魚鮮敬謝不敏啊！

一度自我懷疑，是否曾經在上下學途中遇見化身人類的魚妖，恍神中曾經如《吳郭魚婆婆》一書中的吳米妮那般，又是腦袋昏沉沉又是看見火鹿似的，進入了一個奇異世界，有妖怪有殭屍有九命怪貓有老山羌山神和仙人。

可恍然間吳米妮直是告訴自己，這一切不．可．能。

我呢？我跟自己說過什麼？好像什麼都沒有。

然後還會在爸爸自製的四破魚鬆，媽媽醬燒串仔（鮪魚）裡陷身被俘，請不要問我好吃否？我那只是為了配飯不得不的投降啊！

向來不喜歡魚鮮的我，其實食用海鮮還會過敏，是否曾經有過什麼魚妖在我寤寐時潛入我的體內，然後伺機與由我口中進入的海產，在我的身體裡面一決雌雄？外物藉由我的筋脈進行一場對抗，竟沒問過我這被寄宿的主角意願如何？

然而，這樣的我不知被什麼牽引了，竟然喜歡在放學回家途中佇足在中華路與大湖街口，觀看那一群婆婆媽媽以錐子撬開蚵殼，取出裡面的蚵。堆積成一座小山的空蚵殼，和那一盆盆沒了外殼保護脆弱得很的蚵仔，在在肆無忌憚的散放薰人氣味，那股腥味我竟然能忍？

是不是什麼魚妖對我作了法？

媽媽還是會買魚回家料理，而我依然不會主動示好。可有一天情勢整個大逆轉，我竟自動吃起魚來，甚至熱衷買魚回家烹調。那是在我體內孕育新生命之際，為了孩子我催眠自己，魚肉高營養。

說到底，沒有什麼恆久對立的思維，所有一切都能改變，當心中充滿了愛，無論孩子無論父母都願意做調整。

所以，設若真有魚妖，也在愛裡泅泳而無害了！

前往仙山大冒險

——小說家、《魔神仔樂園》作家 邱常婷

你聽過人頭魚的故事嗎？我是在幼稚園的時候第一次聽老師說起人頭魚，那時候我還嚇得不敢上廁所哩。或許你會覺得奇怪，只不過是一隻會說話的魚，有甚麼恐怖的呢？但事實上，有時人們對於恐懼的事物往往沒有原因，就像這本書《吳郭魚婆婆》裡，有孩子甚至會害怕自己的同班同學，只因為對方似乎能夠憑空變出魚。

人頭魚的傳說來自高雄岡山，一群人在溪邊釣吳郭魚，煮熟吃掉以後卻聽見有人問：「魚肉好吃嗎？」好像是被吃到一半的吳郭魚發出的聲音，仔細一看，吳郭魚殘破的身軀也像極了一張人臉。

民國八十四年的台灣有記者報導此事，有人認為這只是為了增加報紙的銷量才做的報導。林美容《魔神仔的人類學想像》書內曾提到，戒嚴後台灣人民對於魔神仔、怪談之類的傳說故事非常感興趣，相關的報導也愈來愈多。「人頭魚」是否在這樣的時空環境下被創造出來，我們不得而知，但毫無疑問，這是相當吸引人的故事。

於是以「人頭魚」傳說作為基底，《吳郭魚婆婆》的作者為這個故事添加了緣起，融入當地傳說、歷史背景，創造了不僅僅只有人頭魚的妖怪世界。

作為冒險者的孩子們，在不知不覺的情況下進入異界，他們沒有超能力，也沒有特別多的勇氣，他們就只是幾個普通的小孩子，擁有的只是對於親人的回憶，還有彼此之間逐漸增長的友誼。我們可以看見作者運用豐富的想像力，讓有跡可循的傳說軼聞和各種精怪結合在一起，火鹿、鯉魚精、土龍、烏魚精、殭屍等等，它們就像台灣早已滅絕的雲豹一樣，如今只存在於幻想和故事當中，而作者用活潑有趣的筆法和生動的文字創造了一個妖怪們還能夠生存的世界。

此處有仙山，仙山有神獸，山在虛無縹緲間，等待你一起加入這場神奇的冒險！

——成功大學台灣文學系副教授　廖淑芳

本土蘊藏的礦脈

在我們成長的童年，誰不曾聽過安徒生童話故事裡為了愛情化身為人，放棄了海上生活的美人魚故事哪？我們甚至也聽過希臘神話中愛琴海一帶的海妖賽蓮，她會唱出魅惑人的歌聲，讓航行的水手分心而觸礁。成長後的我們有時千里迢迢到那些記憶裡發光的遠方探訪，只因這些神秘、美麗，而傳奇的故事，曾經妝點了我們稚嫩的童年，甚至驚動過我們年少的淚水。

然而，在我們自己的土地上原來也有著開採不完的傳奇，這本充滿驚喜的小書《吳郭魚婆婆》便發源自南台灣岡山礁海造陸的傳奇與想像，為我們打造出全新的土地傳奇，就如傳說因為曾有六隻石龜在溪裡興風作浪的「六龜」、產金子的「柴山」、有鬼的「月世界」、住著仙人與火鹿的「半屏山」、有著許多老山羌傳說的「高雄」。我們跟隨三位少年Pi，展開奇幻漂流，回到千百年前的老台灣，看見這座原來由巨大珊瑚礁群組成的岡山，在陸地抬升海水遠離後，珊瑚礁成為島上的山丘；親歷小男孩郭耀諾的阿公說的，過去地底下曾住有許多小矮人、山林裡有巨大的貓頭鷹、山上住著一角獸、或噴火的火鹿、還有比船艦更大的蛇……；也彷彿跟隨那些從珊瑚礁四散的魚群，見證了多次溪流改道改變了我們住居的島的地貌，以及隨著人類的足跡與開發，再難回返的各種污染與人禍的劫難。最終那位初心只為守護孫兒，卻想要傷害三位少年Pi的吳郭魚婆婆，成為一隻被一群高中生火烤下肚的魚肉。

然而這三位少年Pi的奇幻漂流其實就是尋家的旅程，他們走過人變魚的奇特經歷，更明白家的可貴。也才知道那些平凡無奇的鯉魚、吳郭魚，不但都是人類自身的映照，更是自然的神奇傑作。那些河床上的石頭，是掉進溪谷的星星。月亮是受傷的太陽。是山羌的安慰使月亮不再害怕射日的獵人，重新回到天空之中。這些充滿寓言的故事，蘊藏我們自己土地的光亮與陰影，正是台灣值得開採的礦脈，是正在出土的海上傳奇。

吳郭魚婆婆 目錄

很久以前，高雄岡山那條溪裡沒有吳郭魚，也沒有汙染。不知是哪一年開始，溪裡出現了垃圾，也出現傳說中會說話的吳郭魚，人們因此漸漸遠離溪水，直到潺潺溪流都變成臭水溝。

故事的發生，就要從一座學校附近的臭水溝開始說起。

當時，幾個孩子在那條臭水溝邊嬉戲，他們並不知道，那條臭水溝過去究竟是一條多麼美麗磅礴的溪流。他們只知道那附近謠傳的鬼故事很多，就跟學校裡的傳說一樣多，他們還邊說邊鬼吼鬼叫嚇唬著彼此。

當那群孩子嬉戲後，預備離開臭水溝時，一名老婆婆茫然從他們身邊經過，他們卻一點都沒有察覺到老婆婆。那名神情憔悴疲憊的老婆婆像是剛跌進溪裡，好不容易才爬回岸邊。她原本只想找塊可以歇腳的大石頭，讓自己好好喘口氣……一瞬間，老婆婆卻像是全身有強大電流通過般，老婆婆一愣，她緩緩抬頭回望那群孩子，模模糊糊的人影在老婆婆眼前越晃越遠。老婆婆卻不曉得是被什麼給驅使，使她原本虛弱的身軀竟然快速動作起來。老婆婆就像是在執行著任務般，猛然開始奔跑，但老婆婆實在是太過於年老，以致於她最終也沒跟上，只能面露哀懼，又回到臭水溝邊。

她把眼睛一閉，想再度踏上自己的道路，一陣電流又襲擊起老婆婆，她便像是失憶般，既痛苦又無助，絲毫不知道，自己爲什麼會出現在臭水溝邊。

老婆婆是誰……在她生命終結前的那一刻，僅記得曾經有三名學生，以憐憫的目光望著她。

第一章　你知道什麼是妖怪嗎

二十幾年前，那時水污染的問題已經很嚴重，溪裡什麼魚都沒有，連大肚魚、青蛙和昆蟲的幼蟲都不見蹤影。在那樣的一座城市裡，許多人都曾在夢中被汙染驚醒。

故事就發生在那座城市的一處平凡學校附近，那所普通的學校外邊，有一條幾乎跟臭水溝沒有分別的小溪。沿著小溪往上走，才會發現那條俗稱臭水溝的小溪原來竟是一條大溪的支流，並不是像人們所想的那樣，僅是一條人工所鑿的排水溝。

原本，那三名學生是不認識那位老婆婆的，在認識老婆婆之前，他們都是再普通不過的國小學童。而他們所就讀的國小也十分平凡，就位在一處看起來也相當不起眼的小丘附近。

但是，他們意外發現了她，就在岡山那古老小丘山林的溪邊。

那三名學生其中之一的男孩，一個名叫郭耀諾的國小五年級學生，他有著一雙在陽光照耀下會微微閃爍出堅果色澤的深色眼睛，他的身材中等，功課也普普通通，唯一特別的是，郭耀諾是一個大家公認，除了郭阿公以外，最瞭解妖怪的人。

當郭阿公還是小男孩的時候，郭家一家所居住的地方擁有密集的樹林，那些樹木的年紀很大，全都盤根錯節在土地上，時間久了，漸漸便形成一片很大的樹蔭。而在那片廣闊的樹蔭下，寒冷的風總是吹過一條深藏在那片森林裡的神祕溪流，那條溪流流經的地方據說四處曾都滿布海膽、螃蟹、貝類和苔蘚等等化石，還有……而那個後來會成為郭耀諾阿公的男孩就曾蹲在那溪流附近的草地，雙手掘呀掘，挖出一顆巨大的魚類牙齒化石。

後來，溪邊住進了許多人類，原本的樹木被砍伐後，逐漸蓋上了一棟比一棟還要高的樓房。郭耀諾一家就住在那樣的房屋裡，那些房子一層一層往上蓋，漸漸就比原本生長在那塊土地上的樹木都還要高大。

逐漸年老的郭耀諾阿公，曾不時感嘆，與孫子郭耀諾分享他的童年經歷。

「阿公以前看過人家抓穿山甲去賣錢……」郭阿公徐徐對當時還很年幼的郭

耀諾說起。

「阿公，什麼是穿山甲？」年幼的郭耀諾問。

「穿山甲是一種全身長滿鱗片還會吃螞蟻的動物，溪邊不僅有等待捕食螞蟻的穿山甲，還有叫聲像山羊卻更加響徹草叢的鹿群，也有黃牛會從比人還高的野草堆中突然鑽出，那一陣陣哞哞叫聲，比汽車的喇叭聲還要響亮……」郭阿公緩緩回答。

年幼的郭耀諾聽得津津有味，眼底驟然散出晶亮的光芒。

後來的郭耀諾卻時常雙眼茫然，唯有在閱讀他阿公留下的書籍時，才會閃過一絲光采，儘管他從沒見過他阿公所描述的某些生物——那些據說不只是動物，還是擁有妖力的妖怪。

溪邊原本有許多動物，也有傳說中的妖怪……溪水曾經是那麼靠近人類的住所。如今從郭家的窗子往外望，森林遙遙落在山邊，而那些古老的森林裡，至今仍存在著許多蜿蜒曲折的神祕通道。郭耀諾只聽過他阿公說起，他從來就不曾走過那些很久以前留下的古老道路，但那些道路卻條條都深刻在郭耀諾的腦海中，彷彿他曾經陪著他阿公一同走過。

「阿公真的去過那些地方嗎？」

郭耀諾每天晚上躺在自己的房間，面對巨大的書櫃，那裡面有他阿公留給他的古書冊，古書冊裡頭記載著什麼地方曾發生過什麼樣的怪事。郭耀諾把那些古籍都倒背如流，心裡滿滿都是他和他阿公的回憶……他漸漸睡著，夢裡，有一個拿著巨大魚類牙齒的男孩，正矗立在天未亮的灰濛濛溪邊張望。

「這是什麼東西？」男孩問。

「那是我的牙齒，把我的牙齒還給我……」一個聲音幽幽由草叢中飄出。

「是誰？」男孩又問。

「那是我的牙齒，把我的牙齒還給我。」聲音窸窣從草叢間傳出。

那聲音似乎離男孩越來越近，男孩感到相當害怕，便繼續喊道：「是誰?!」

「那是我的牙齒，快把我的牙齒還給我！」聲音聽起來越發不耐煩般，陡然快步在草叢裡鑽動。

「你到底是誰?!」男孩因此更加恐懼，便朝草叢大喊。

一陣似野獸般的叫聲，忽然從無人的溪岸邊草叢竄出。「那是我的牙齒，快把我的牙齒還給我，要不然我就要把你吃掉！」

郭耀諾在吼聲中，說完自己清晨做的夢，把愛聽八卦的同學們全都嚇個半死，等他們一回過神來，他們紛紛說著：「你騙人，你阿公怎麼可能看過妖怪，我阿公就沒看過。」

「那你們見過妖怪嗎？」郭耀諾反問同學。

班長吳米妮想都沒想，直接把郭耀諾痛罵一頓。

「郭耀諾，你的報告寫完了嗎？還不趕快去寫！」

「什麼報告？」郭耀諾一臉疑惑。

「郭耀諾，你的昆蟲報告要是再交不出來，下次分組，我就不要再跟你同一組，看誰會幫你做報告。」吳米妮氣呼呼看著郭耀諾。

「昆蟲？有昆蟲妖怪嗎？我可以交妖怪報告給自然老師嗎？」

郭耀諾問完，轉眼就看見吳米妮原本黝黑的臉龐，瞬間氣得通體發紅的人魚般——他瞬間聯想起韓國傳說中的紅色人魚。那是一種被記載於宋代，生活在朝鮮海域的紅鬣人魚。

不，吳米妮並不是美人魚，她比較像是我阿公說過的另一種傳說生物，地底矮人。郭耀諾心想。

此時，班長吳米妮的表情是越變越可怕，她氣得發抖而扭曲的五官，讓她越來越像是正在變形中的妖怪。她的頭彷彿真越變越大，生氣的神情也越來越張牙舞爪，吳米妮還拿起自然課的昆蟲觀察報告書在郭耀諾面前揮呀揮。

郭耀諾見狀，還以為是拿著弓箭的地底矮人，正在瞄準他。

郭耀諾這下可嚇得全身僵硬，他想起，他阿公說過：以前有地底矮人住在地底下，他們的頭髮捲曲，他們的身形嬌小因此善於出入地洞，一旦地上人讓地底矮人生氣，地底矮人就會搖晃地底下的柱子，讓地面上的房屋全都倒塌。

「郭耀諾，你在發什麼呆！」吳米妮朝郭耀諾大吼。

「天呀，要地震了，地底矮人發怒了。」郭耀諾嚇得趕緊逃出教室。

吳米妮直在教室裡頭喊道：「郭耀諾，你給我站住！」

這下，郭耀諾更不敢回教室了。

郭耀諾因此越跑越快，轉眼就溜到學校的前庭花園，那裡有著據說是原本就長在學校那塊土地上的高大樹木。郭耀諾一溜煙就鑽進那些老樹的樹蔭下，接著遁入高大樹木下的矮灌木叢，將身子都藏進灌木叢後，郭耀諾才鬆了一口氣。

突然間，樹上的鳥吱吱喳喳叫得郭耀諾頭都昏了。

他把頭一抱往下看，此時，腳邊正有一群螞蟻像是出發要去尋找食物。

「嘿，螞蟻呀，住在地底巢穴的你們，是否曾經見過地底矮人、矮黑人或是有尾巴的小矮人呢？」

突然間，一隻黝黑粗壯的手把郭耀諾從矮灌木叢中給拖了出去。

「救命啊，有地底矮人要攻擊我了！」郭耀諾大叫。

「什麼地底矮人！」吳米妮氣急敗壞地說。

「地底矮人聽說會巫術，他們很可能是精靈的一種。」郭耀諾說道。

「矮人是精靈？那精靈又是什麼？」吳米妮一臉疑惑。

「精靈是一種妖怪，生活在原始森林裡的妖怪。」郭耀諾回答。

「郭耀諾，你竟然說我是妖怪！」

吳米妮氣壞了，她開始憑藉著她那嬌小卻強壯的體型，瞬間靈活施展出她那天生勇猛的神奇臂力，輕而易舉就將郭耀諾甩出了矮灌木叢。

郭耀諾就像是被地底矮人所搖晃的柱子，喀喀喀搖呀搖，整間學校彷彿也跟著搖晃了起來，喀喀喀。

沒等郭耀諾回過神來，他便聽見吳米妮說：「是地震。」

郭耀諾最後還是乖乖被班長吳米妮拎回了教室，只見同學們紛紛側目，低聲說道：「郭耀諾剛才說地震就地震了……我看，他搞不好就是一個妖怪。」

好不容易郭耀諾完成了昆蟲報告，平時沒什麼朋友的他，又準備到前庭花園考古，看能不能發現他阿公所說過的那些魚類和貝類化石。

一向愛講八卦的李星瀚叫住了他。

「你知道外面那條臭水溝又出現魚了嗎？」

「那不是水溝，是溪流。」郭耀諾回答。

「那條溪流的水那麼黑，而且水又不會流動，不是臭水溝，是什麼！」李星瀚一臉不屑，然後又低聲說道：「我的重點不是那條臭水溝，而是那裡頭的魚。」

李星瀚說完，又一副故作神祕，他低頭附耳對郭耀諾說：「我覺得那些魚怪怪的。」

「哪裡奇怪？」郭耀諾問。

李星瀚一臉鄙視郭耀諾，然後說道：「少跟我裝蒜，別跟我說你不知道。」

「知道什麼？」郭耀諾問。

李星瀚有些惱怒，他不禁提高聲量說：「就那些魚是妖怪啊！那條臭水溝的水那麼髒，怎麼可能會有活魚！」

郭耀諾班上向來愛欺負同學的虎姑婆（胡谷博）聽見了，他睜大他那像是瞧見獵物般的凶狠眼睛，直往李星瀚看去。

砰，砰，砰，胡谷博邁開粗壯的雙腳，轉眼就走到了郭耀諾和李星瀚身邊。

「你們在說什麼！」

「臭，臭，臭水溝裡有魚。」李星瀚瞬間就像倒戈到虎姑婆身邊的倀鬼，一副隨時要出賣誰一樣。

郭耀諾因此忍不住脫口而說：「老虎，倀鬼。」

「你說什麼！」胡谷博低沉的嗓音，頓時響遍整間教室。

教室裡的同學們都被嚇著了，紛紛轉頭去看。

「被老虎吃掉的人，死後會變成倀鬼，繼續幫老虎抓獵物吃。」郭耀諾回應。

吳米妮聽見了，補充說道：「這就是成語『為虎作倀』的由來。」

「你在罵我！」胡谷博又是一吼。

李星瀚有些生氣，「笨蛋，郭耀諾是在罵我，他罵我是倀鬼。」

「你說誰是笨蛋！」胡谷博惡狠狠看向李星瀚。

李星瀚趕緊求饒，「老，老，老大，我怎麼敢，都是郭耀諾啦。他罵我們兩個。」

「郭耀諾！」胡谷博又發出彷彿能震動山林般的吼聲。

「那條被汙染的溪流，又出現魚了。」郭耀諾鎮定說著。

「魚？」胡谷博一臉疑惑。

同學們因此七嘴八舌地說起。

「真的有魚嗎？」

「魚又回到那條臭水溝了。」

「怎麼可能！」胡谷博露出難以置信的眼神。

「是真的，老大。」李星瀚趕緊說道：「那些魚像是不怕死般，又游回學校附近那條大臭水溝。我懷疑那些魚不是神智不清，就一定是死掉的魚。」

同學們又紛紛說道。

「有人跑去那條大臭水溝釣魚？」

「怎麼可能是死掉的魚？」

「死掉的魚只會讓溪水變得更臭。」

李星瀚卻語不驚人死不休地說著：「那是鬼魚，或者是殭屍魚。」

「什麼！」

同學們聽聞都相當吃驚，他們趕緊轉頭問郭耀諾說：「你不是跟妖怪是好朋友嗎？你倒是說說看，這是怎麼一回事。」

郭耀諾先是一臉錯愕，才緩緩說道：「我，我，我不是妖怪的朋友。」

「你阿公能看見妖怪啊。我們想，你應該也能看見妖怪。」班上最愛惡作劇的王期祐說。

郭耀諾趕緊搖頭，「不，我從來沒見過妖怪。我，我，我阿公只是會說妖怪的故事，而我也不過就是好奇，我阿公說過的那些妖怪故事是否真實發生過。」

「那真的有鬼魚，還是殭屍魚嗎？」王期祐問道。

郭耀諾思索了一會兒，他緩緩回答。

「我只知道人魚。人魚屬於傳說中的生物，那樣的生物很可能就是妖怪。精靈也屬於傳說中的生物，因此精靈也可以算是妖怪吧。至於妖怪究竟是什麼東西，誰也說不上來。那麼傳說中的生物全都是妖怪嗎？應該可以這麼說。關於妖怪故事似乎都是源於古老傳說……我阿公跟我說過，在那樣的年代，學校附近有渡口，渡口就像是小小的碼頭，而學校不遠處在那時還能看見海，就連學校附近的馬路都是以前溪流流過的地方。

「我阿公還說，那時地底下仍有許多小矮人，山林裡則藏有巨大的貓頭鷹，也有比山還大的燕子和雷鳥成天攻擊山林，山上還住著一角獸、火鹿和比船艦還大的蛇等等，那些奇怪的巨大傳說生物聽說並不是動物，而是貨真價實的妖怪。」

「到底什麼是妖怪？」李星瀚問。

郭耀諾有些心虛，「其實，我也不知道。」

「長得很奇怪的動物就算是妖怪嗎？」李星瀚又問。

「我想，除了我阿公之外，沒有人能回答我們這個問題。」郭耀諾一臉沮喪答道。

「你阿公是專門研究妖怪的人，還是你阿公就是妖怪？」王期祐一臉故意惡作劇地問道。

郭耀諾又急忙跟同學們澄清說著：「不，不，不是這樣的，我阿公只是一個很會講古，也很愛收集古書的人。」

「那到底有沒有妖怪呢？」其他同學們不死心紛紛問道。

郭耀諾只能啞口無言，因為他也不清楚，這世界上到底有沒有妖怪。眾人見狀，也就一哄而散。

郭耀諾有些悶悶不樂，他問還留在原地的班長吳米妮。

「嘿，吳米妮，妳知道什麼是妖怪嗎？」

吳米妮搖搖頭，「郭耀諾，你要是能把研究妖怪的時間，拿來研究功課，相信你一定都能考一百分。」

「我阿公才可能考一百分，他什麼妖怪都知道，只可惜他已經不在了。」郭耀諾說完，忍不住又想念起他阿公。

吳米妮見狀，趕緊安慰郭耀諾說：「郭耀諾，我相信你阿公一定希望你每天都過得很開心，所以你就不要再難過了。」

「我阿公已經死了，他不能再陪伴我……有人說，人死了就會變成鬼……」郭耀諾喃喃說道。

「不會變成鬼的。你阿公肯定是上了天堂，要不，也是去了西方極樂世界。」吳米妮安慰郭耀諾說。

郭耀諾心生感激，他點點頭後，卻也產生疑問，「鬼也是一種妖怪嗎？」。

「鬼是靈魂。」吳米妮答。

「那妖怪呢？妖怪也有靈魂嗎？」郭耀諾問道。

只見樣樣都得一百分的班長吳米妮，她搔搔腦袋，然後回答郭耀諾說：「我不知道什麼是妖怪。」

「妖怪懂得法術。」郭耀諾說。

「所以懂得法術的人類也是妖怪嗎？」吳米妮反問郭耀諾說。

這下換郭耀諾感到困惑，他也搔搔腦袋瓜，歪著頭思索，然後回答吳米妮說：「我阿公說會法術的人是巫師，其中有一種巫師會變身，那種巫師叫做番婆鬼，好像就是妖怪的一種。」

「所以人也可能變成妖怪？」吳米妮問道。

「動物也會變成妖怪。」郭耀諾回應。

「那妖怪究竟是什麼？」吳米妮又問。

郭耀諾楞住了，回答：「我忘了問我阿公了。」

郭耀諾一整天都覺得有些懊悔，他放學走回家中，一個人失落地打開客廳的燈，獨自一人拿出冰在冰箱裡的晚餐，往餐桌上一坐後，才稍微瞥了一眼他媽媽留在餐桌上的字條：**晚餐在冰箱，要記得吃**。

郭耀諾把晚餐放進微波爐後，拖著書包回到房間。他大字往床上一躺，望向占據他房裡一整面牆的巨大書櫃，那裡面大部分擺放著他阿公收藏的古書，而那些古書裡，則一一記載著他阿公說過的那些傳說。

六龜傳說有六隻石龜會在溪裡興風作浪，直到第六隻石龜被十八羅漢山鎮住，六龜的居民才得以安心渡溪。

月世界傳說有鬼……校外教學的時候，郭耀諾曾不小心把相機對準那傳說中的陰森之地，突然間，郭耀諾的相機就故障了，直到離開月世界，郭耀諾的相機才恢復正常。郭耀諾不知道是不是鬼讓他的相機壞掉的，但他始終相信月世界是個很神祕的地方。

郭耀諾還聽過茄萣海邊有海妖的故事，海妖是什麼？在海裡生長的妖怪，那會是美人魚嗎？美人魚是動物還是妖怪呢？

郭耀諾想了想，起身，朝書櫃最角落的位置，拿出他爸媽送給他的生日禮物。那是一本介紹全世界奇幻動物的書籍，其中探討人魚的章節，一一敘述著全世界各地都有人魚的蹤跡。

郭耀諾開始翻閱……《山海經•海內北經》提到：陵魚人面、手足、魚身，在海中。盧亭，則是人魚的分支，長相似人，擁有短而焦黃的頭髮，眼睛也是黃色的，面目偏黝黑，怕人，能上岸，還會穿著衣服到處行走，也吃得下米飯和麵類，最終卻還是得回到海裡，入水，重新展開隨波漂流的一生。

郭耀諾闔上奇幻動物書籍，腦袋瓜裡不禁閃過，世界上各式各樣的人魚。有的人魚長得古怪，有的會詛咒人類，有的還會吃人，有的則會唱歌魅惑人心，但也有會救人的人魚。而其中有一種人魚，體型跟市場賣的養殖淡水魚一樣大，那種魚叫做人面魚，有著人類一般的臉孔，卻是一尾魚。

郭耀諾放下手中的奇幻動物書籍，轉而又拿起某年生日他爸媽送的奇幻生物圖鑑。郭耀諾緩緩翻閱，裡頭敘述著日本的人魚傳說……在日本，據說吃下人魚會長命千歲。人魚不常出現，人面魚卻常常誤入漁網，吃下人面魚也能長命千歲嗎？郭耀諾想了又想，他繼續翻閱，書中說：小小的人面魚會招來海神，引發海嘯。

當人面魚被捕上岸，人面魚哀求人類放牠回家，人類卻想吃掉人面魚，想吃人面魚的人類開始生火。當火堆上的火苗在柴火上跳得劈啪響，有人類的孩子聽見了人面魚的哭聲，有人類的孩子聽見海神在尋找人面魚的歌聲，有人類的孩子因此聽見海神要救人面魚的消息。當海神來臨，海水會漲高成一座會移動的高山，像高山般的海水會瞬間襲上陸地，讓海水淹得到處都是。海神終於救走了人面魚，也把人類和陸地上的東西全都捲入海中，只有聽孩子們勸告而逃過一劫的人，早早躲入遠遠的高山，才不至於被海神奪走性命。

「人類為什麼要吃人面魚那種恐怖的生物呢？要是我，我一定吃不下去。」一想到人面魚的海嘯傳說，郭耀諾忍不住又喃喃低語：「是海神救走了人面魚，那人面魚是海神的朋友嗎？海神為什麼會為了救人面魚，而將陸地毀滅？又或者，人面魚是海神的孩子，所以海神才會那麼著急，去救人面魚。那如果我失蹤了，我爸媽是否也會跟海神一樣，來救我呢？」

郭家靜悄悄，只有微波爐傳出嗶一聲。

郭耀諾不禁喃喃說：「嗨，爸，媽，你們喜歡妖怪嗎？我很喜歡阿公說的那些妖怪故事，也喜歡曾經會陪我過生日還帶我出去玩的你們，至於那些妖怪還是奇幻動物百科全書，其實我在學校的圖書館都已經看過了。」

郭耀諾胡亂把晚餐吃一吃，便走進房間睡覺。

入睡前，郭耀諾慘叫：「啊，慘了，我又忘記寫作業了。」

第二章　妖氣騰騰的學校

郭耀諾正坐在自己的座位上，被罰寫未完成的作業。那時候，他還不認識一個名叫施子瑜的十五歲少年。他們相遇在某個整座城市都被灰霧籠罩的日子。原本那種灰霧只會出現在冬天的某幾天，但不知從哪天起，那灰濛濛的大霧卻像是永遠都散不開，持續籠罩著整座城市。

郭耀諾的同學們因此只能抱著躲避球，各個站在教室裡，呆望著走廊外灰冷冷的天氣。

「看起來像是要下雨的樣子。」一向熱愛運動的邱朝文失望說著。

「笨蛋，是空氣汙染，你沒看新聞報導嗎？」王期祐說。

「我是說『看起來』啊，又不是真的以為要下雨。」邱朝文回應。

只見灰霧越來越濃厚，嚇得一向下課就跑得不見蹤影的李星瀚，慌慌張張又逃回教室，灰頭土臉，上氣不接下氣說著：「嚇死人了，我什麼都看不見，還差點無法呼吸。」

「外面一片灰濛濛，活像是沙漠裡的風暴，搞不好有什麼奇怪的東西就躲在霧的後頭。」邱朝文說。

李星瀚喘了口氣，說道：「對，有妖怪，剛才好像有什麼東西掐住了我的喉嚨，害我喘不過氣來。」

邱朝文對李星瀚輕蔑一笑，「我是開玩笑的，想不到你還當真。」

「我是說『好像』嘛。」李星瀚說。

邱朝文瞅了王期祐一眼，說著：「我也是說『看起來』啊。」

「都別吵了，小心，新聞報導說那些煙霧是有毒的。」郭耀諾說道。

李星瀚突然眼睛一亮，精神瞬間抖擻了起來，「說吧，你一定知道什麼。」

「什麼？」郭耀諾問。

「那些奇怪的煙霧啊。那些應該都是妖氣，對吧。」

「什麼，不就是空氣汙染嗎？」郭耀諾答。

「怎麼可能？」李星瀚一臉期待，他靠向郭耀諾，然後低聲說道：「你就說吧，我不會告訴別人的。」

「我什麼都不知道。」郭耀諾答。

李星瀚搔搔腦袋，「真的沒什麼問題嗎？」

吳米妮聽見李星瀚的話，然後答道：「都空氣污染這麼嚴重了，怎麼可能沒問題。」

「看吧，班長也說有問題。」李星瀚說。

「當然有問題，空氣汙染怎麼會突然變得這麼嚴重。」吳米妮低頭思索。

「沒有風。」郭耀諾回答。

「喔，對，原本都還有涼涼的風吹來。」李星瀚也附和。

「風被什麼擋住了嗎？」郭耀諾問。

「或許是地球暖化，連季風的力量也減弱了。」吳米妮說。

「季風？一種妖怪嗎？」李星瀚問。

「我沒聽過那樣的妖怪。」郭耀諾答。

吳米妮聽完郭耀諾跟李星瀚的話，簡直快要昏倒了。

她搖搖頭後說道：「我說你們兩個成天胡說八道，就是不願意認真學習。我說的季風是隨著季節變化的風，台灣在冬天會有東北季風吹來，夏天則會有西南季風吹入。」

「那現在是春天，會有什麼風吹來呢？」李星瀚問。

「先是有東北風，慢慢轉為西南風吹入。」吳米妮答。

「這麼說，今年春天沒有東北風吹來，也沒有西南風吹入。」李星瀚似乎嗅出點端倪。

「似乎真的有些奇怪。」郭耀諾附和說著。

「還會更奇怪。」吳米妮說。

「什麼？」李星瀚瞪大眼睛問。

「因為人類不重視環境，就只知道破壞啊。」吳米妮繼續說道：「像是最近出現在城市裡胡亂叫的夜鷹，原本是住在溪邊的岩石上。那全是因為城市溪流整治過程中，不慎破壞夜鷹的棲息地，才會讓夜鷹飛入城市，穿梭在大街小巷開始擾人清夢。」

「原來妳是說這種怪事啊。」李星瀚有些失望，他搖搖頭後，繼續說：「我還是覺得會有什麼更奇怪的事情發生。」

請了好多天假的胡谷博一臉疲憊出現在教室門口，他戴著口罩，卻難以遮掩他那副看起來像是生病的面容。

李星瀚一見，趕緊走過去，他問道：「老，老，老大，你還好嗎？」

眼前的胡谷博已然失去往日像老虎般的氣勢，他的眼神也不再殺氣騰騰，反而一臉怯懦的模樣。尤其是他那在口罩遮掩下唯一顯露的眼睛，正透出恐懼。

一些同學也已經有所耳聞，他們交頭接耳開始竊竊私語。

李星瀚嗅出了端倪，趕緊往那些同學身邊靠攏，然後說道：「好東西要跟好朋友分享，說吧，你們知道些什麼？」

雖然同學們對李星瀚說的話感到嗤之以鼻，卻還是忍不住跟他說起。

「那條臭水溝裡的魚真的有問題。」

「搞不好真的是殭屍魚。」

「是鬼魚。」

「那是一群會說人話的魚。」

「會說人話的魚？」李星瀚搔搔腦袋，「這跟胡谷博生病有關嗎？」

「當然有關係。」一個同學答道：「你想想看，要是你家養的狗會說話，你不也早就嚇得半死。更何況是魚，我們平常吃的吳郭魚。」

「會說話的吳郭魚就把學校惡霸，綽號虎姑婆的胡谷博嚇成這副模樣？」李星瀚還是覺得不可思議。

同學們又議論起。

「聽說那些是被詛咒過的魚。」

「胡谷博也許吃下了受到詛咒的魚。」

「那會怎麼樣？」李星瀚問。

「可能會死掉。有人說，最初看見會說話吳郭魚的那群人回到家就全都暴斃死掉了。」某同學答。

李星瀚這一聽，才倍感震驚，「那胡谷博也會死掉嗎？」

同學們各個搖頭，表示不知道。

「那我坐在胡谷博旁邊，也會死掉嗎？」李星瀚又問。

班長吳米妮經過，她回答李星瀚說：「又不是傳染病。」

李星瀚趕緊拍拍胸脯，「那我就放心了。」

上課鐘聲響起，六年級的學長姐們突然搬進一組桌椅，放在教室的最角落。同學們有些訝異，紛紛猜測著。

「有新同學？」

「希望是女生。」

「不要，希望是男生。」

「你們都忘記了嗎？」吳米妮打斷大家的臆測，「是年齡比我們大的旁聽生，聽說是一個從來沒有就讀過任何學校的十五歲少年。胡蝶老師上週不就提醒過各位同學了，從這週起，有新同學要來我們班級旁聽。」

「喔，原來如此。」

李星瀚才一說完，就被邱朝文說：「都是你啦。上課那麼吵，害我們都聽不清楚胡蝶老師在說什麼。」

沒等同學們議論完，只見胡蝶老師領著一個高大的身影，緩緩走向黑板前。

李星瀚先是驚訝說道：「這麼高大，難道是新來一名老師嗎？」

「各位同學，這位是新來的同學。從今天起，他要跟我們一起上課，大家要多多照顧新來的同學。」

胡蝶老師說完，眼睛環顧教室裡的每位同學後，突然把目光落在郭耀諾身上，「郭耀諾，從今天起，你負責帶新同學去認識學校環境。」

胡蝶老師繼續說：「班長，再麻煩妳協助郭耀諾。」

吳米妮欣然同意，郭耀諾卻望著眼前的龐然大物，不自覺打起哆嗦。

新同學簡短自我介紹自己叫作施子瑜後，便依著胡蝶老師的指示，緩緩踏出沉重的步伐，砰，砰，砰，經過了郭耀諾的身邊——突然，有一股奇怪的味道瞬間飄出……郭耀諾感到有些熟悉。

砰，砰，砰，新同學走過了胡谷博的身旁，只見胡谷博也嚇得目瞪口呆。

砰，砰，砰的聲音漸漸停歇，當新同學走到教室最角落的位置，他放下一只帆布包，然後一屁股坐下後，郭耀諾這才看清楚新同學的長相。

新同學施子瑜有著大大的眼睛和粗粗的眉毛，皮膚看起來比吳米妮還要黝黑，神情卻比胡谷博和善許多，只見新同學施子瑜從帆布包拿出一本筆記本之後，便一臉專心準備上課的模樣。

頓時，那畫面讓郭耀諾感到汗顏，他也立即轉身拿出課本，準備上課。

幾天之後，是李星瀚先發現了。

「他身上有魚的味道。」

其他同學也紛紛談論起施子瑜身上的氣味。

「是海邊曬魚的味道。」
「明明是魚鬆。」
「是炒壞掉的魚鬆。」
「聞起來像是很難吃的魚鬆。」
「他每天都吃魚鬆嗎？」
「可能都吃壞掉的魚。」
「他或許是住在海邊吧。」郭耀諾加入同學們的討論。
同學們先是一愣，然後繼續談論。
「如果是住在海邊，應該都是蚵仔的味道。」李星瀚說。
「亂講，漁港就只有魚腥味。」邱朝文反駁。
「他應該只是住在海邊，所以有魚的味道，並沒有什麼特別的。」郭耀諾再次提出自己的猜測。
「你問過他嗎？」李星瀚問。
郭耀諾搖搖頭。
「你不是都陪他去認識校園，我想，你應該問他的。」李星瀚說。

郭耀諾仍是搖頭，「我不敢跟他多說話。」

「為什麼？」李星瀚問。

郭耀諾思索了一下，才回答：「他看起來好老，很像大叔，我不知道要怎麼跟他講話。」

李星瀚那好奇的眼珠直咕溜溜地轉著，「我認為，你應該陪他上下學，這樣就能知道，他身上為什麼會有魚的味道。」

教室裡一片吵雜，原本心情就很煩悶的胡谷博從廁所回教室後，更是擺出一臉怒氣沖天的樣子。胡谷博自從在溪邊遇見怪魚之後，就變得更焦躁不安。又因為空氣汙染瀰漫整座城市，使得他無法去操場玩，這點也讓他很不高興。再加上，來了一個比他還高大的新同學，胡谷博似乎認為自己虎姑婆的地位飽受威脅。

終於，胡谷博忍不住了，他大叫一聲：「郭耀諾！」

郭耀諾頓時嚇得雙腿發軟，好不容易才振作起來，鼓起勇氣，大聲回應胡谷博說：「做什麼！」

「郭耀諾你說，這世界上到底有沒有妖怪？」胡谷博一臉痛苦說道。

「我，我，我。」郭耀諾答不出來。

「都是你，一定是你！全都是幻覺，我那天只不過是看見一尾很普通的吳郭魚。對，都是你平常太愛講那些怪力亂神的事情，才會害我做惡夢。我那天不過就是差點溺水，我的腳只不過是陷在臭水溝的淤泥裡拔不出來，根本沒有妖怪！」胡谷博說完，又恢復往日老虎般的吼聲。

「那，那，那是誰救了你呢？」李星瀚好奇問道。

「我怎麼知道，我當時昏過去了。」胡谷博答。

第三章　虎姑婆與獅子魚

原來那條臭水溝，還有這樣的傳聞……施子瑜在自己的位置上，默默聽著同學們談論臭水溝裡有怪魚的事。

他仔細聽起胡谷博的言論，才想起自己前幾天路過臭水溝的時候，碰巧救了一名國小學生。施子瑜暗忖：難道那個昏倒在臭水溝旁的男生就是同學胡谷博。

「真的有怪魚嗎？」施子瑜喃喃低語著：「那天，明明就只有胡谷博躺在溪邊，雙腳載浮載沉在水很淺的地方。」

那時，施子瑜還不知道學校旁，那條被稱作臭水溝的溪流，驀地在寒冷的三月天裡，已經慢慢變得澄淨了。溪水不知道在何時又流回了臭水溝般的溪流，聽說連魚也跟著流了過去。

很多人聽聞魚回來的消息之後，也想去那溪流一探究竟。然而，天空卻總是被灰濛濛的濃霧般所籠罩。那種灰霧看得見卻摸不著，就像是隱形的網把整座城市都困在其中，致使整座城市幾乎動彈不得，就連城裡頭的人也全都提不起勁。

那籠罩著整座城市的灰霧，實在是悶得讓人感到害怕。

灰霧直在空中飄，還不時散發臭味。有時候聞起來像是燒焦的氣味，有時候又像是塑膠的味道，有時候則像是泥巴被太陽蒸發的臭味。

學生們打從秋天起便紛紛戴口罩上下學，直至教室外花圃裡的杜鵑明明都要綻放了。杜鵑是春天的花，然而灰灰看不清楚的天空讓整座城市看上去，就好像還停留在冬季。

施子瑜似乎不太相信同學們說的話，他寧願親眼去瞧瞧，才願意相信事實的真相，然而他實在太忙了，至於他在忙什麼，同學們全都霧裡看花。

好奇的李星瀚想知道真相，但他不敢直接去問施子瑜，便轉而問郭耀諾。

「我覺得你也是妖怪了。」

「什麼？」郭耀諾嚇了一大跳，「我怎麼可能會是我阿公口中的妖怪。」

李星瀚如同教室裡每一個無法出去玩的同學一樣，懶洋洋打起呵欠，然後說道：「別怪我會這樣想，你看看，下課時間幾乎沒有一個人敢在走廊上走動，就只有你和施子瑜敢在戶外蹓躂。」

「我是被逼的，還不都是因為胡蝶老師叫我要照顧新同學。」郭耀諾反駁說著。

「施子瑜不是叫你不要跟著他了嗎？」李星瀚反問郭耀諾。

郭耀諾一愣，「胡蝶老師交代的話，我不敢不遵從。」

「算了吧。」李星瀚瞅了郭耀諾一眼，「你平常要是有這麼認真聽胡蝶老師說的話，也不至於每天都寫錯功課。」

李星瀚又朝郭耀諾使了一下眼色，「說吧，你肯定發現了什麼。自從施子瑜進入學校，有關施子瑜的傳言就沒有間斷。」

郭耀諾聽李星瀚這麼一說，倒是想起一件怪事。

「有一天，我看見施子瑜在前庭花園發呆，正當我急忙走過去想要打招呼，卻發現自己一腳踩入水坑，濺得我襪子都濕了。我當時還納悶，那天又沒有下雨，工友伯伯也沒有澆花啊。正當我定睛往水坑裡瞧，卻發現有一、兩尾小魚在水坑裡游泳。

「我趕緊去找水桶，想幫助那些魚。想著想著，我便轉身快步走回教室去拿水桶。結果，等我再回到前庭花園時，卻沒看見水坑裡的魚，就連在前庭花園發呆，那綽號『獅子魚』的施子瑜也不見蹤跡。」

「看吧，大家都說施子瑜有些古怪。」李星瀚繼續說道：「不僅如此，有人還在洗手台看見吳郭魚，有人則在電腦教室看見金魚，還有人說廁所有黑色像蛇一樣的魚鑽來鑽去，更有人說看見鮪魚。」

路過的邱朝文一聽，嚇壞了，問著：「你們在說什麼？」

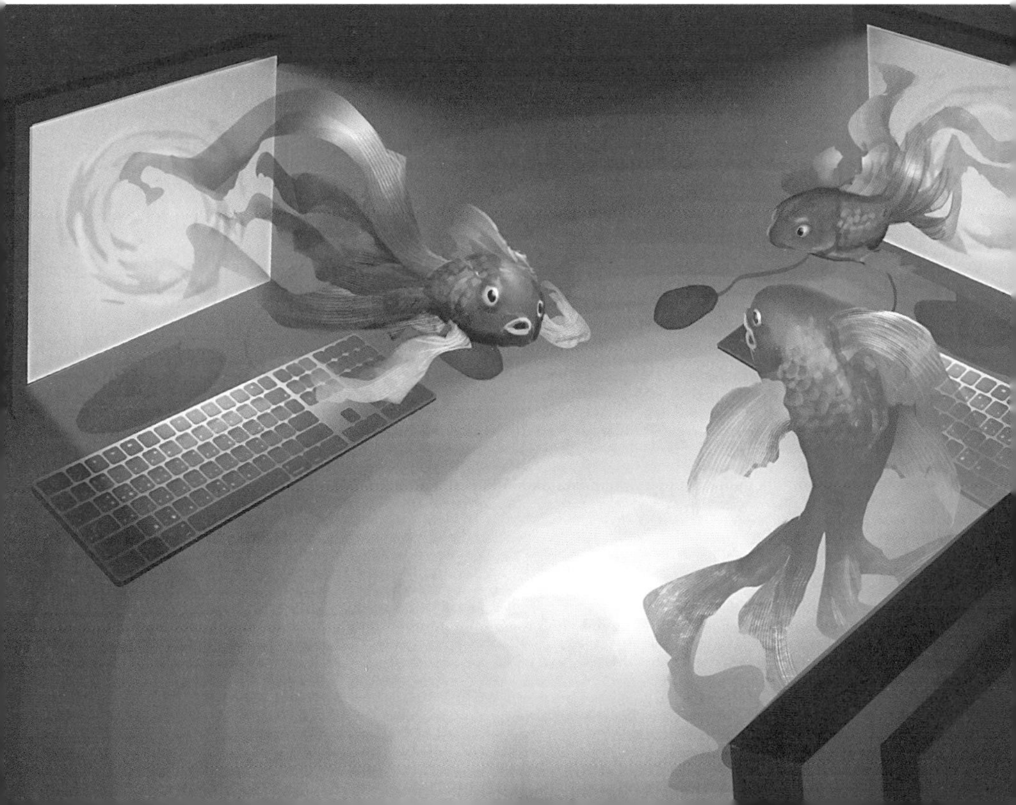

「施子瑜。」郭耀諾回答。

「是『獅子魚』，聽說獅子魚是一種有毒的魚。」李星瀚說。

「我是聽說，那個新同學走過的地方，都會有魚出現。」郭耀諾說。

「那些魚會是他養的嗎？怎麼可能！」邱朝文說。

「是被他召喚來的。」李星瀚說完，露出神祕意味的微笑。

「你亂講。」邱朝文十分不屑李星瀚的話。

李星瀚繼續加油添醋說著：「謠傳，魚都是從新同學身上掉出來的。」

「你又胡說什麼，新同學身上怎麼可能掉出那麼多的魚！」

邱朝文說完，對李星瀚發出噓聲。

李星瀚一臉不在乎，「反正他就是怪怪的。」

「怪怪的……」郭耀諾思索後回答：「要說奇怪，好像只有施子瑜身上的那股魚腥味。」

「我還是覺得你跟蹤他回家看看，或許他真的會變身。」

李星瀚的話把郭耀諾唬得一愣一愣的，他竟然也開始相信施子瑜是妖怪。

吳米妮走了過去，「你們兩個在胡說什麼。」

「沒有，我只是認為施子瑜怪怪的。」郭耀諾回答。
「郭耀諾也覺得施子瑜是妖怪變的。」李星瀚說。
「我哪有那麼說！」郭耀諾一臉詫異。
「你說他身上有魚腥味。」李星瀚回應。
「只是有魚腥味。」郭耀諾說。
「施子瑜很可能真的是獅子魚，他是魚妖。」李星瀚說。
吳米妮斥為無稽之談，「人是人，怎麼可能是魚。」
「想知道真相就跟蹤他回家。」李星瀚說。
「跟蹤別人是很不禮貌的事。」吳米妮說。
「那麼就沒有人知道真相了。」李星瀚聳聳肩膀。
有關於「獅子魚」可能是溪邊會說話的魚，偷偷爬上岸化身成人類的謠言雖然持續蔓延中。但幾天下來，身材壯碩高大的施子瑜卻好像從未聽見傳聞，那或許是因為同學們怕被施子瑜攻擊，所以無人敢在他面前提及怪魚傳說。
郭耀諾則除了下課偶爾關心施子瑜是否有對學校不熟的地方之外，其他時間都盡量離施子瑜遠遠的，似乎深怕施子瑜是另外一個「虎姑婆」，一拳就會把他揍到外太空般。

李星瀚還是不死心，總是纏著郭耀諾問東問西。

「我才不擔心施子瑜是魚妖，我只怕他會像胡谷博一樣，突然就飛出一拳，把我揍倒在地。」郭耀諾說道。

「拜託，那個虎姑婆（胡谷博）已經不可怕了，施子瑜才可怕。聽說，學校裡突然出現的那些魚，好像都是他變出來的。」李星瀚仍舊說得煞有其事。

郭耀諾搖搖頭，「我已經打聽清楚了，我看到的那些小魚，分明就是自然老師不小心掉在前庭花園的。」

「不只是那些小魚，有人還看到鮪魚喏。那麼大條的魚，怎麼可能是老師帶來的，一定是施子瑜變出來的。」李星瀚邊說邊睜大眼睛，試圖想要說服郭耀諾。

「你真的有看到嗎？」郭耀諾反問。

李星瀚楞住了。

「凡事還是要眼見為憑。」郭耀諾說道。

想不到有天放學，郭耀諾因為遲交作業，幾乎成為最後一個離開學校的學生，卻在校門外不遠處，遇見了一樁關於施子瑜的怪事。

那是個灰霧突然散去的黃昏，校門外出現一群看起來矮胖卻各個凶神惡煞還穿著附近國中制服的國中生，他們在校門口附近的巷子把施子瑜團團圍住。

只見施子瑜悶不吭聲，那群矮胖國中生卻一個比一個還兇，他們問他是否會打架，還問他看過什麼刀，還是什麼武器的……當場嚇得躲在一旁的郭耀諾是冷汗直流。

施子瑜卻只是靜靜聽著，沒開口答腔。

那群矮胖國中生當中的一員則怒氣沖沖說道：「撞到人是不會道歉嗎？」

施子瑜冷冷望著對方，「對不起。」

「只會說對不起嗎？」另一個矮胖國中生說。

「我已經說了對不起，還想怎麼樣？」施子瑜有些不耐煩回答。

「對不起就能解決事情嗎？」又一個矮胖國中生問起。

施子瑜不想回話。

「喂，聽說你是妖怪？」一個手上握著亮晶晶金屬的國中生問。

郭耀諾一看，覺得那國中生很面善，原來是同學王期祐的哥哥。郭耀諾一驚，難道是王期祐故意叫哥哥們來找新同學施子瑜的碴？沒等郭耀諾來得及反應，站在王期祐哥哥身旁的那個國中生，竟開始把書包揮舞得像是流星錘般。之後，又一個國中生把拳頭壓得喀喀作響。

「妖怪被打會痛嗎？」王期祐的哥哥問。揮舞書包的國中生則露出不懷好意的笑容，「要打打看才知道。」

說時遲那時快，一個國中生便出手，把施子瑜用來當書包的帆布包給打落在地上。

此時，躲在圍牆邊的郭耀諾心想該怎麼辦，慌亂中，他趕緊轉身掉頭，打算回學校找替代役哥哥想辦法。

突然，郭耀諾聽見叭噗叭噗的聲音，旋

即一輛黑色俗稱鐵馬的骨董老爺腳踏車，出現在那群矮胖國中生的旁邊。只見那牽著黑色鐵馬的人，身形瘦小，身著土色麻布長袖上衣和灰色麻布長褲，頭則包著黑色頭巾。那人佇立在夕陽時分的昏暗陰影下，看上去，整個人彷彿像是瀰漫在黑暗中的一團陰影。呼，呼，突然間有陰森森的冷風吹過。只見那瘦小的人，一個俐落的動作就把很重的鐵馬嘰嘎立了起來。頃刻間，原本喧鬧的巷子裡，眾人全都噤聲不語。時空似乎跟著停滯了，那群國中生全都一動也不動，直到那黑影下的人，慢慢把原本低著的頭給抬了起來。

頓時，那群國中生直嚇得魂飛魄散，嚷著：「是傳說中的幽靈冰淇淋車，是虎姑婆來賣冰淇淋了，真的有虎姑婆！」

施子瑜則一副若無其事，他轉身，擺出向賣冰淇淋的老婆婆鞠躬致謝的模樣，然後立刻把被國中生扯落的帆布包揹好，幫忙老婆婆牽起冰淇淋車。

郭耀諾一臉納悶，正想上前去一探究竟。

身旁，卻突然傳出吳米妮的聲音，「那是人稱虎姑婆的賣冰淇淋老婆婆。」

「虎姑婆？真的假的？她會吃小孩嗎？國中生算是小孩嗎？他們為什麼一下子全都跑掉了？」郭耀諾滿臉疑問。

「她只是一名綽號叫虎姑婆的老婆婆，聽說那老婆婆的臉長得相當恐怖，臉上密密麻麻全爬滿了皺紋般的蟲子，還是蟲子般的皺紋……」吳米妮歪著頭思索後，繼續說道：「她是人類又不是妖怪，怎麼可能會吃小孩。我想，那群國中生是被嚇到了，所以才跑掉的。」

「那冰淇淋老婆婆的臉，真的長得就像是虎姑婆嗎？」郭耀諾問。

「不知道。據說老婆婆之所以叫虎姑婆，是因為老婆婆已經很老很老，老到老婆婆臉上的皺紋都多到像是老虎的斑紋爬滿全臉。」吳米妮答。

「那位老婆婆究竟幾歲了呢？」郭耀諾問。

吳米妮搖搖頭，「沒有人知道。因此大家傳聞，那位老婆婆已經有一百多歲，甚至有三百多歲，而且還是個會吃小孩的虎姑婆。」

「人類若活了那麼久，恐怕也變成妖怪了吧。老婆婆真的沒吃過小孩嗎？」郭耀諾又問。

吳米妮楞住了，想了一下，才回答：「我想應該不會吧。老婆婆是因為賣小孩最愛的冰淇淋，所以才會被人亂講成是用冰淇淋誘惑小孩的虎姑婆。」

「那施子瑜認識冰淇淋虎姑婆嗎？」郭耀諾又問。

吳米妮搖頭，「這我也不清楚。」

郭耀諾思索後，則一臉吃驚，「實在是太巧合了，被謠傳是魚妖的施子瑜和傳說中的虎姑婆走在一起，難道他們要一起回妖怪的世界？」

「郭耀諾，你是中李星瀚的毒太深了，是嗎？」

郭耀諾搔搔腦袋，露出一臉歉意，「抱歉，我是開玩笑的。我只是認為施子瑜身上有神祕的氣息。」

「你也懷疑他是妖怪？」吳米妮問。

「不，怎麼可能！我認為妖怪最後只存在於我阿公童年的那個年代。瞧瞧現在，到處都有愛搞破壞的人類，我要是妖怪，我一定早就搬家了。」郭耀諾繼續說道：「我只是覺得施子瑜是個有祕密的人。」

「聽說他從來沒上過小學，好像是最近才被人家發現，所以才送來我們學校旁聽。」吳米妮說。

「看吧，他真的很神奇，為什麼會沒有人發現他從來沒上學。」郭耀諾好奇的眼睛直盯著巷子盡頭，那兩道被夕陽逐漸拉得好長好長的影子。

第四章　鬼媽媽的小孩

在還沒認識吳郭魚婆婆之前，那三名學生當中最不願意相信妖怪故事的，應該就是吳米妮了，儘管他們所就讀的學校，一直有神祕傳說。

說起郭耀諾他們所就讀的那間平凡學校，時常都有些神奇的事情發生。例如在學校附近的那條溪流，從過去汙染事件頻傳以來，就一直被稱作是黑溪。那條神祕的黑溪據說發源地不詳，只含含糊糊地被提起，可能是源於附近的一座神祕小山。那是一座由珊瑚礁裸露在陸地之後，才被風化而成的殘丘。過去，那座小丘便經常有神祕事件傳出。至於郭耀諾他們所就讀的，那間位在小丘山腳下的學校也不例外。

那間學校傳說有鬼並不是一天、兩天的事，一直跟郭耀諾同班的李星瀚，打從小學一年級就聲稱，學校最偏遠位置的走廊，有一個小男孩的鬼魂飄來飄去。

很多同學都問過李星瀚是否真的看過鬼，小學一年級的李星瀚是那麼回答的。

「是隔壁班的那個男生，他抱著一顆球，獨自一人在老校舍那邊的走廊上，一直走，一直走。」

當時，在一旁湊熱鬧的高年級學長姐們全都嚇壞了。

「他說的，是那個翻圍牆出去撿球的孩子嗎？」

「那個男孩為了撿球，結果被車子迎面撞上。」

「那孩子沒有再回到學校了。」

李星瀚宣稱看見鬼的那段時間，眾人每每經過老校舍的走廊總不免心慌，得時不時地左顧右盼，深怕自己撞鬼。

後來，李星瀚升上二年級，有同學問他見鬼的事，他就只記得好像是一個男孩抱著一顆球。

等到李星瀚升上三年級，有同學偶爾回憶當年往事，再問起李星瀚的時候，他僅僅說道：「有嗎？我有見過鬼嗎？」

有過一陣子，那間學校還很流行看鬼那件事。有傳言說，只要剪下一根頭髮，放在小土坑中，然後拿放大鏡去照射那根頭髮，就會看見鬼從地底下鑽出。

那一年，幾乎全校學生一下課就往學校操場旁的樹林跑。那是操場上最後一處有沙土的地方，不知道是不是因為學生們全都窩在那處沙地挖土坑看鬼，結果後來樹木被移走了，原來的地方改鋪上水泥，放上軟墊，還架設起新的遊戲設施。

不只是鬼的傳言，那間學校裡關於殭屍的謠言也沒停過。傳說高雄曾經有殭屍，那些殭屍被九命怪貓困在樹林裡，直到殭屍突破了九命怪貓的陣法，幸好村民請來厲害的捉鬼大師，才及時解決了高雄的殭屍危機。

也不知道是從何時起，有人說躲過一劫的殭屍就藏身在學校老校舍的地下室。

一向好奇心重的李星瀚曾問過郭耀諾說：「殭屍是鬼嗎？」

「我不知道。」郭耀諾答。

「那殭屍是妖怪嗎？」李星瀚又問。

「我也不知道。」郭耀諾回答。

「那鬼是妖怪嗎？」李星瀚繼續追問。

「我阿公說，妖怪是很奇特的現象，或許任何東西都有可能變成妖怪。」郭耀諾答道。

關於學校裡鬼怪的傳聞就像是學校的課表一樣，每每按時間輪流重現著鬼、殭屍、海盜寶藏和貓狗死而復生的故事。

而其中最常被人提起的，便是棺材的傳說。

「拜託，我都聽過好幾遍了。」走過郭耀諾身旁的李星瀚說著。

幾個中年級的學弟妹經過郭耀諾身邊，他們好奇地問道：「棺材的傳說是什麼呢？」

郭耀諾一見有人對傳說故事感到興趣，便趕緊打起精神，開始話說從頭。

「相傳，學校附近曾經出現過一名女鬼，女鬼每到午夜十二點，就會出現在附近的饅頭店。起初，大家並未發覺，直到月底，饅頭店的老闆結算營業額，赫然發現收銀箱裡多了好幾張拜拜用的金紙。一開始，老闆還懷疑是員工偷走他的錢，或是有人故意拿金紙來跟老闆開玩笑。沒想到經過老闆的調查，才察覺到是一名固定在半夜十二點來買饅頭的婦人所為。饅頭店的老闆於是跟蹤該名婦人，誰知婦人左拐右拐，最後進了墓園。據說，饅頭店老闆親眼看見婦人打開棺材，把饅頭一點一點撥下，然後餵食給棺材中的小嬰兒吃。後來，眾人把小嬰兒接出棺材扶養，那名鬼媽媽才停止在半夜爬起來買饅頭給自己小孩吃的行為。」

李星瀚突然插嘴大聲說：「那副棺材據說就藏在校園裡！」

幾個聽郭耀諾講故事的中年級學弟妹嚇了好大一跳，他們怔怔看著李星瀚，許久才問起：「為什麼棺材會在學校裡面？」

「因為，學校以前，是墓地。」李星瀚壓低聲音回答。

中年級學弟妹們不禁又嚇出一身冷汗。

「李星瀚你別亂說，亂嚇唬他們。」郭耀諾對李星瀚說。

「那鬼媽媽的小孩後來呢？」吳米妮突然出現在郭耀諾身後。

郭耀諾嚇了一大跳，才轉身回答：「我，我，我也一直覺得很奇怪，都沒有人說鬼媽媽的小孩後來如何了。」

「當然是長大成人了啊。難道，會變成鬼嗎？」李星瀚回應。

「小嬰兒真的能在棺材裡生活？」吳米妮一臉懷疑。

「棺材應該是被釘死的。」郭耀諾答道。

「對，就是這點很奇怪。難道鬼媽媽真的有能力，把牢牢釘死的棺材打開？」吳米妮說。

「這只是傳說。」李星瀚理所當然說著。

「沒錯，這只是傳說，各位學弟妹不要在這裡聽大哥哥亂講，趕快回去上課。」吳米妮說完，露出一臉得意。

李星瀚恍然大悟，原來吳米妮是為了催學弟妹回去上課。

他一臉失落說著：「真可惜，我們講得正開心。」

「我看，只有你一個人開心，看到別人被嚇得半死，你倒得意。」吳米妮話一頓，突然壓低聲音說：「喂，李星瀚，下一節課，該輪到你去活動中心的地下室，搬體育器材。」

「喔。」李星瀚原本不以為意，驟然間卻大叫：「什麼！」

「你不是最愛聽鬼怪故事，現在有機會去看鬼怪了。」吳米妮抱著看笑話的心情說著。

「我以前就看過了。」李星瀚說。

「那好，你應該就不會害怕了。」吳米妮說。

「我是開玩笑的——其實，我也不知道自己是否看過鬼。」李星瀚的聲音越說越小聲。

「我就知道，你當初是騙人的。」吳米妮一臉多年來的謎題終於真相大白般。

「我應該是有看到，但是我忘記了。」李星瀚囁嚅著話語。

「別再狡辯了，我看你就是存心愛戲弄別人。現在可好了，去活動中心看看傳說中的殭屍吧。」吳米妮越說越得意。

李星瀚頻頻轉頭求助郭耀諾，「郭耀諾，你快告訴我，說現在已經沒有妖怪了，對吧？」

郭耀諾不知道該如何回答，只能微微點點頭。

「我就知道根本沒有鬼怪，都是人以訛傳訛。」

「可是，很多人都說他們聽到了。學校附近那溪邊，最近似乎真出現會說話的魚。」郭耀諾吞吞吐吐說著。

「喂，郭耀諾，你可別嚇我。」李星瀚一臉害怕。

「少說廢話，快去搬體育器材。」

吳米妮話還沒說完，李星瀚就逃走了。

吳米妮搖搖頭，對郭耀諾說：「誰叫你多話，現在誰幫我們搬體育器材呢？」

剛經過中走廊的施子瑜聽見了郭耀諾和吳米妮的對話之後，他二話不說就答應幫忙搬體育器材。

那真是詭異的氣氛，活動中心的燈不知道為什麼沒有亮。長長的活動中心一樓，因為長期缺乏日照，使得活動中心四處看上去十分幽暗，尤其是盡頭的那扇安全門，模樣實在是怪陰森可怕的。

郭耀諾趕緊把鬼怪的念頭甩開，鼓起勇氣，他硬著頭皮跟著施子瑜一步一步走入地下室。

喀，喀。

「好像有什麼聲音？」郭耀諾問施子瑜。

施子瑜聽完，環顧四周，他低頭一看，「是你的手錶敲在樓梯扶手的喀喀聲。」

郭耀諾低頭一看，露出不好意思的尷尬笑容，便趕緊往放置體育器材的倉庫走去。

「呼。」

郭耀諾起初還不以為意。

「呼。」

「什麼聲音？」郭耀諾有些恐懼，他轉頭看。

「呼。」

突然一群人從倉庫衝出來，然後大喊：「有鬼，有鬼啊！」

當場，嚇得郭耀諾也想趕緊跟著眾人跑。

就在郭耀諾轉身想逃跑時，有什麼東西拉住了他的手，他瞬間嚇得慘叫一聲。

沒等他回過神來，就看見施子瑜一把抓住躲在倉庫裡嚇人的六年級學長。

「你就是鬼。」施子瑜冷冷說著。

對方則惡狠狠地瞪著施子瑜，「放開我。」

施子瑜猛然放手，對方因為自己掙脫的力道，反而摔個狗吃屎。

那名裝鬼的六年級學長一邊以憤怒的神情看著施子瑜，一邊從地上站起。

施子瑜沒理會他，便要郭耀諾趕快把羽球拍搬出倉庫。

就在郭耀諾動身要離開倉庫的時候，那名裝鬼的六年級學長卻一拳朝他揮過去。

郭耀諾眼看就要被打中了——施子瑜卻輕而易舉接住了拳頭。

那名六年級學長見自己再糾纏下去，肯定會吃悶虧，只好夾著尾巴逃走。

「原來，這就是地下室的

鬼。」郭耀諾有些悵然。

施子瑜仍是維持一貫作風，少言寡語的他默默幫郭耀諾把羽球拍從倉庫搬出去。

又一節下課，郭耀諾一個人趴在教室的櫃子上，往走廊上望，不自覺唉聲嘆氣起來，「原來沒有鬼怪，都是人在裝神弄鬼的。」

「你說什麼啊？」吳米妮問。

「我說，會不會這世界上根本沒有妖怪，都是人裝扮的。」郭耀諾說。

「像是《聊齋誌異》裡的俠女，俠女神出鬼沒，簡直就是鬼怪，可她應該是人。」吳米妮說。

郭耀諾頓時豁然開朗，「我知道了，那施子瑜一定也像是《聊齋誌異》裡的俠女。瞧他武功高強又獨來獨往，他一定是身懷什麼祕密，所以過去，他才沒有到學校讀書。」

「說起來，施子瑜的確很古怪。我覺得為了班上同學的安全，身為班長的我，有必要徹底瞭解他。」

「怎麼瞭解？」

「我們跟蹤他回家。」

「班長，妳說過這是不禮貌的行為。」

「少廢話，我說了，這是為了關心同學。」

在灰霧不知不覺散去的某天黃昏，吳米妮拉著郭耀諾直往施子瑜家的方向前進。根據班長吳米妮獲得的情報，施子瑜家的確住在海邊。

「住在海邊，所以有魚腥味，很合理，不如我們回家吧。」郭耀諾對吳米妮說。

「不行，基於關心施子瑜，也關心班上其他同學的安危，我一定要查清楚施子瑜的底細。」吳米妮在施子瑜家附近探頭探腦，「你看，那天放學不是有不良學生故意找他的碴。不知道那些人是不是他以前的仇家，萬一那些不良少年找來學校，然後傷及無辜該怎麼辦。」

「那些不良少年，其中一個是王期祐的哥哥。」郭耀諾說。

「誰知道王期祐是不是以前就跟施子瑜有過節，還是調查清楚會比較好。」

「妳想怎麼做？」

「徹底瞭解施子瑜的情況，然後報告胡蝶老師。」
「施子瑜不是壞人，他在學校幫過我。」
「我沒說他是不良少年，我只是擔心他的交友情形。」
「那天的那些人應該不是他的朋友。」
「少囉嗦，我們去看看不就知道了。」
透過窗戶，郭耀諾和吳米妮看見所謂的家，竟是一片凌亂。茶几上堆滿酒瓶，角落則塞滿資源回收物。
「這裡真髒。」郭耀諾說。
「施子瑜看起來倒是乾乾淨淨的。」吳米妮說。
「他的家人呢？」郭耀諾問。
「會不會是在房間呢？」吳米妮答。
郭耀諾和吳米妮沿著眼前那間紅磚疊起來，上頭由鐵架支撐，應該是倉庫改建的住家，慢慢繞，好不容易又出現一扇窗戶，探頭往窗戶裡頭瞧，只見堆滿報紙和衣物，沒看見床和桌椅。
忽然，那堆報紙和衣服動了起來。

郭耀諾和吳米妮瞬間便聞到了酒味。

啪。

報紙發出了聲響。

坐起來的，是一名蓬頭垢面且面露死白的阿姨。那位阿姨眼神直呆看著前方。突然她的手，啪，由報紙堆抽出來。然後啪，那位阿姨同手同腳跳了起來。啪，那位阿姨無視腳下的報紙和衣物，啪啪，開始走動。砰，木板隔間的門被打開。砰，那位阿姨走入了客廳。

郭耀諾和吳米妮在窗邊一看，嚇得趕緊跑開。

只見，那位從施子瑜家中走出的阿姨像夢遊般，毫無表情地直向外邊走去。

郭耀諾和吳米妮緊跟在後。

那位阿姨左拐右轉，進了社區裡的雜貨店。

雜貨店老闆立刻一臉嫌惡，怒視著那位阿姨。

那位阿姨沒有說一句話，開了冰箱，拿了好幾罐的啤酒。

「錢呢？」老闆冷冷問著。

那位阿姨掏掏自己的口袋，然後拿出一疊發票，轉身就要走人。

「站住，本店恕不賒帳。」老闆氣沖沖說道。

那位阿姨像是根本沒聽見，就自顧自地離開。

老闆趕緊去拉住那位阿姨。

那位阿姨卻開始發出動物般的嚎叫聲。

就在老闆想將那位阿姨扭送法辦時，施子瑜出現了，他的神情十分痛苦，他先是一臉厭惡地望了一眼那位阿姨，然後從她手中奪下了啤酒。

那位阿姨才驟然清醒，她看著施子瑜說：「小瑜，陪媽媽喝一杯吧。」

施子瑜沉默，他把啤酒還給老闆，然後連聲道歉。

那位阿姨忽然又一臉茫然，她站在雜貨店外，環顧四周，然後大笑，「小瑜，陪媽媽一起下地獄吧。」

老闆原本兇狠的表情瞬間軟化，他一臉同情望著施子瑜說：「別再讓她出門了，她沒有酒就會像個死人一樣。」

施子瑜沉默，只顧著把那位阿姨扶回他家。

「她是施子瑜的媽媽？難怪施子瑜無法上學。她為什麼要施子瑜跟她一起下地獄，難道她知道通往地獄的路？」郭耀諾問。

吳米妮趕緊答道：「她是想要殺死施子瑜吧！你不是說，人死了就會變成鬼，只有鬼魂才能通往地獄。不行，施子瑜有危險了！我想，我們明天應該趕快告訴胡蝶老師。」

郭耀諾和吳米妮各自回家之後，郭耀諾仍納悶著施子瑜媽媽所說的話。他記得，他阿公跟他說過棺材裡鬼媽媽的故事，傳說那名鬼媽媽，可是非常努力保護和照顧自己的孩子。

第五章　傳說中的吳郭魚

儘管已經同班兩個多月了，喜歡研究妖怪故事的郭耀諾和不清楚學校鬼故事的施子瑜並不是朋友。郭耀諾認為自己只是受到老師的指示，才去協助施子瑜盡快適應校園生活。

當然，在吳米妮的心中也認定，自己是因為身為班長的緣故，所以才會去幫助郭耀諾和施子瑜。

但是連日來，一次又一次小小的地震，不僅把學校附近黑溪裡的溪水越搖越澄清，也把灰霧越搖越散。施子瑜他家那紅磚鐵皮隨意搭蓋起來的房子卻沒有那麼幸運，幾次地震下來，早把施子瑜家搖得更像是一座廢墟。

郭耀諾見狀覺得無論如何，他一定得幫助施子瑜。

吳米妮因此陪同郭耀諾去求助老師，詢問他們到底該如何幫助施子瑜。

老師的回答，卻令他們二人感到十分訝異。

原來學校已經通報社會局，社會局原本也打算重新安置施子瑜和他媽媽。但施子瑜卻堅持跟他媽媽一起住在原本的家，施子瑜還跟社工叔叔和阿姨說，他不願意離開媽媽，也不願意他媽媽離開他家去接受治療。

「施子瑜他說：『因為媽媽是他唯一的親人，他會努力照顧好媽媽。』」胡蝶老師滿是無奈地搖搖頭後，說道：「如果不接受治療，外界也不知道該怎麼幫助他們。」

「我要去勸施子瑜，讓他媽媽接受治療。」郭耀諾自告奮勇說。

胡蝶老師點點頭，「也許他聽得進同儕說的話。」

離開教師辦公室之後，郭耀諾詢問吳米妮該怎麼做。

吳米妮東想西想，卻莫名萌生了一個念頭，「先跟他當朋友。」

「當朋友？」郭耀諾一想起施子瑜高大的身影，瞬間不寒而慄，「可是他看起來很兇。」

「他人很好不是嗎？」吳米妮反問郭耀諾。

「是沒錯，他幫過我。」郭耀諾回應。

「那麼你也得幫助他。」吳米妮說。

「可是要怎麼跟他當朋友呢？」郭耀諾問。

「我們得先想辦法主動幫助他，以建立良好關係。」吳米妮答。

「那我們要怎麼幫他呢？」郭耀諾又問。

吳米妮想了又想，她突然看見辦公室裡那一袋袋打包好的營養午餐，她眼睛瞬間一亮，「他一定需要這個。」

當天一放學，吳米妮提著中午打包好的營養午餐，拉著郭耀諾就往施子瑜家走。

郭耀諾還是感到不安，因此畏畏縮縮走在吳米妮後頭。

吳米妮問郭耀諾說：「你在怕什麼？」

郭耀諾戰戰兢兢回答：「我怕看見施子瑜的媽媽。」

吳米妮笑了笑，「你這個妖怪達人，號稱連妖怪都不怕了，為什麼會怕施子瑜他那生病的媽媽呢？」

「我覺得他媽媽比妖怪還可怕，她也許真會傷害施子瑜。」郭耀諾答。

「妖怪就不會傷害人類嗎？」

「我阿公說妖怪有好有壞。」

「人類也是啊，有好人跟壞人。」

「傳說裡，妖怪大部分都是被人類逼迫，才會去害人的。」

「施子瑜的媽媽也許並不是壞人，她應該只是生病了。」

郭耀諾終於卸下心防，「聽起來，施子瑜的媽媽像是傳說裡，中了法術而變身發狂的妖怪。」

吳米妮點點頭，「我相信施子瑜的媽媽只要能接受治療，就會像解開法術的封印般，一定會恢復正常的。」

不知不覺，郭耀諾和吳米妮已經到達施子瑜家門前。郭耀諾和吳米妮頓時卻顯得猶豫了。望著沒有門鈴的施子瑜家，他們不知道該怎麼叫施子瑜，又怕開門的，會是施子瑜的媽媽。

就在郭耀諾和吳米妮徘徊施子瑜家門前時，突然，他們的背後傳來一聲低沉的聲音問：「你們在這裡做什麼？」

郭耀諾一愣，趕緊轉身說：「沒什麼。」

「沒什麼，為什麼站在我家前面？」施子瑜的聲音聽起來十分冰冷。

吳米妮舉起打包好的營養午餐，趕緊說：「我們把這個拿來這裡。」

施子瑜臉色一沉，「是老師叫你們來的？」

郭耀諾一聽，連忙搖頭，「我們想，這些菜熱一熱就可以吃了，很方便，你和你媽媽應該會需要。」

「你們那天都看見了。」

「沒——」

吳米妮打斷了郭耀諾的話，「對，都看見了。」

「你們想做什麼？」施子瑜問。

「我們想幫助你，你媽媽需要接受治療，你也必須接受社會局的安置。」吳米妮答。

「這裡是我的家。」施子瑜回應。

「有家人在的地方，哪裡都是家。」吳米妮說。

「你們不懂，要是我跟我媽都離開了，我爸會找不到我們的。」施子瑜突然大聲回應。

郭耀諾和吳米妮都楞住了，許久才反應過來。

「鄰居會告訴你爸的，要不然雜貨店的老闆也會告訴你爸，如果雜貨店老闆認識你爸的話。」郭耀諾說。

施子瑜當頭棒喝，他的眼神驟然間迷惘了起來。他先是沉默，好一會兒才幽幽說起：「我媽跟我說，我們得守在這裡，爸爸才會回家，要不然爸爸找不到家。」

施子瑜說完，他一臉落寞穿過郭耀諾和吳米妮，直接開門就走進屋裡去。

正當郭耀諾和吳米妮不知該怎麼辦的時候，只見施子瑜拿出了一根老舊釣竿、一根撈網和一個水桶。

「你要做什麼？」郭耀諾問。

「和往常一樣，到溪邊釣魚。」施子瑜回答。

「那是一條被汙染的溪流，那裡面的魚怎麼能吃！」吳米妮一聽，感到相當驚訝。

「老師不是也說過，大海都被汙染了，你們的爸媽還不是願意花錢，去買很貴的深海魚吃。」施子瑜冷冷說著。

郭耀諾怔住了，一想到太平洋上的巨大垃圾環流，他頓時便很想把昨天晚餐的魚肉給吐出去。

吳米妮示意郭耀諾別鬧了，她一臉鎮定望著施子瑜問：「你要去釣魚當晚餐吃？」

「我只會釣魚，我爸就是漁夫。」施子瑜答。

「你爸為什麼還不回家？」郭耀諾問。

「他去很遠的地方捕魚。是我爸教會我釣魚和捕魚的技巧。」施子瑜說。

「那是什麼時候的事？」吳米妮問。

「我六歲那年。」施子瑜說完，臉上越顯黯然。

「已經這麼久了啊？你爸去的地方一定很遠。」

郭耀諾才一說完，就被吳米妮使了個白眼。

「不如，我們陪你去釣魚吧。」吳米妮突然裝出一派輕鬆樣。

郭耀諾有些納悶。

吳米妮推了郭耀諾一下。

郭耀諾也只好附和說著：「我們一起去釣魚，你教我們怎麼釣魚，好不好？」

施子瑜拿起用具後，便自顧自地往前走。

郭耀諾和吳米妮趕緊跟上去。

等拐進了溪邊，施子瑜轉頭對郭耀諾和吳米妮說：「隨便你們，但是請注意安全，溪邊可不能鬧著玩的。」

郭耀諾突然打起冷顫，問道：「為什麼？難道溪邊有鬼怪？」

「是因為溪水深淺不一，溪邊的石頭又特別滑，萬一跌倒，不是撞上石頭，就是滑進水裡，你說危不危險？所以，當然不能在溪邊隨便嬉戲。」吳米妮回答。

郭耀諾點點頭，鬆了一口氣。

只見，施子瑜很熟練地把所有用具都擺設完畢後，還從水桶中，拿出許多空罐頭做成的陷阱，那些空罐頭都用細尼龍繩綁好，接著小心翼翼地一個一個擺放在溪水較淺的區域。

施子瑜還拿出一捆不知道已經用了幾次的魚線，一副很是珍惜般，小心謹慎地整理起那些扭曲的魚線。

「你用什麼魚餌？」吳米妮問。

「蚯蚓。」施子瑜簡短回答。

「沒下雨，哪來的蚯蚓？」郭耀諾問。

施子瑜指著溪邊附著在岸邊，一坨又一坨深色的泥巴，「是豬糞，上游流下來的，裡頭就有蚯蚓。」

郭耀諾一聽，頓時覺得溪邊惡臭難聞。

「這裡跟學校附近的溪流是同一條吧。」吳米妮說。

施子瑜點頭。

「怎麼可能，這裡這麼髒！」郭耀諾很是驚訝。

「只整治了市區那一段的溪流。這裡的溪流離出海口不遠，但是已經離市區有點距離。這裡算是郊區，應該是偏遠地帶，許多人都看不到這裡的溪流。」

施子瑜說。

吳米妮眉頭一緊。

郭耀諾覺得氣氛有點尷尬，趕緊指著溪流裡的空罐頭，問道：「那是要做什麼的？」

「捉溪蟹的陷阱。」施子瑜答。

夕陽紅色的霞光早映滿遠遠的山邊，他們三人站在那靠海的溪流，眼前仍有太陽的金光照耀。

有好一陣子，郭耀諾、吳米妮和施子瑜都沒有說話，直到施子瑜真釣上一尾又一尾的吳郭魚。

郭耀諾仔細觀察起那些吳郭魚，牠們有大有小。

只見施子瑜把小的吳郭魚又扔回溪流，然後把大的吳郭魚放在盛滿半桶水的水桶中。

「你和你媽媽要吃那麼多魚啊？」郭耀諾問。

「大部分的魚是要賣給便當店的阿嬤。」施子瑜答。

「溪蟹呢？」郭耀諾又問。

「種菜的阿伯喜歡吃溪蟹，他會給我一些青菜。」施子瑜答道。

「聽起來，你很聰明。」郭耀諾說。

施子瑜沉默不語。

吳米妮瞪了郭耀諾一眼。

「我以為他沒有上學，應該什麼都不會。」郭耀諾低語喃喃。

施子瑜沒有加以理會郭耀諾，只見他謹慎走在溪裡，想趁天黑之前，把陷阱收回。

突然，有咳嗽的聲音傳出。

先是郭耀諾聽見了，那聲音就像是老人家在清痰，咳了一次又一次。聲音似乎很近。

郭耀諾、吳米妮和本來不以為意的施子瑜都開始四處張望。

明明什麼都沒有，溪邊除了他們三人，根本沒有其他人。

咳嗽的聲音卻一直持續。

施子瑜趕緊把釣魚用具收一收，轉身，他提起水桶預備離開溪邊。就在那一刻，他們三人都聽見了水桶裡的聲響。

「是水桶在咳嗽。」郭耀諾說。

「只是魚呼吸的聲音。」吳米妮的聲音有些遲疑。

他們三人於是緩緩將目光都放入水桶。

水桶裡，竟有一尾長得很奇怪的吳郭魚蜷曲在桶內，那尾吳郭魚還有著人一般的嘴巴直開開闔闔。

施子瑜嚇到了，他把水桶一扔。

郭耀諾和吳米妮也嚇得趕緊往堤岸上跑。

而站在原地的施子瑜，他深呼吸好幾次後，才躡手躡腳靠近水桶，他想撿回水桶和裡面的魚。

只見，溪邊又再度傳出咳嗽的聲音。

施子瑜怔怔看著水桶內那怪異的魚，然後眼睛一閉，連忙用釣竿把那尾奇怪的吳郭魚由水桶內撥出，接著，他提起水桶裡其他的魚，拔腿就往堤岸上跑。

一陣慌亂後，郭耀諾、吳米妮和施子瑜三人便匆忙跑回各自的家。

第六章　神奇魚皮衣

吳米妮從未感到如此驚慌過，儘管只是瞥了一眼，她還是清楚看見那尾奇怪的吳郭魚——明明是魚鰭和魚尾，卻像是人的手和腳般蜷曲成側睡的模樣，還發出痰音很重的呼吸聲。

吳米妮實在不敢多想，她趕緊快步走向通往市場的小路。在那小路的盡頭有一家簡陋的早餐店，早餐店就位在一棟約二樓高，外觀沒有貼磁磚且裸露著水泥和紅磚的老舊屋子。

「阿嬤，阿嬤。」

吳米妮還沒走進廚房，就發現廚房的電燈是暗的。她有些疑惑，轉身就上了二樓猶如小閣樓的空間，吳米妮先轉向倉庫般的房間，又喚了一聲，「阿嬤。」小倉庫裡沒有人，吳米妮又轉向另一頭的小房間，她又喊道：「阿嬤。」

小屋子裡幾乎沒有半點聲響。

吳米妮跑回家時已經有些疲累，她雙腿一軟便往小房間裡的木頭椅子一坐，那裡是她和她阿嬤睡覺的地方。

就在那房間內，除了一張床墊和一張吳米妮平常寫作業用的小茶几，就只有她目前坐著的那張木頭椅子。那是她阿嬤用來縫補衣服時，所坐的椅子。

小房間裡的牆壁是木板隔間，上頭貼了幾張據說是吳米妮媽媽所剪的紙花，有的像是六角形雪的結晶，有的像是綻放的百合花，有的圖案則接近圓形，有的是三角形。

吳米妮從小就看著那些剪紙的紙花長大，卻沒見過自己的親生媽媽。吳米妮的爸爸說是出去找她媽媽，後來她爸爸也沒回家，她阿嬤也不知道她爸爸跑去哪兒了。

吳米妮很會剪紙，或許是受媽媽貼在房間裡的紙花影響，但是吳米妮打從心底認為，那是遺傳，她一定很像自己的媽媽。

吳米妮不記得自己媽媽的長相了。吳米妮的阿嬤把吳米妮媽媽的照片都收進一個鐵盒裡，就藏在小倉庫裡的衣櫃深處。每當吳米妮想媽媽的時候，她就會去小倉庫裡，偷偷把媽媽的照片從衣櫃深處翻出來，然後一張一張想著看著，還對照起自己的模樣。

當天，吳米妮從溪邊驚嚇地跑走之後，她又想起她媽媽了。她覺得有些害怕，她不知道自己在溪邊究竟遇見了什麼東西，她只是好想抱一抱她的媽媽。

吳米妮嘆了口氣，她起身，走下一樓，從書包裡拿出十元後，提著水桶，便要走出巷子外去買水。由巷子走出去，便會通往市場裡的主要道路，那裡白天上午會滿布賣菜的攤位，而其中一間賣包子店鋪的隔壁，就是加水站——什麼都沒有！吳米妮再定睛一看，她簡直不敢相信自己的眼睛。

明明有好幾台的自助加水機，怎麼現在卻一台也不見蹤影。

吳米妮先是感到納悶後，她轉身邁出大步，就想往市場外的道路走——眼前的景象更讓吳米妮感到困惑，那是一間又一間矮小的土角厝，盤據在通往市場外那條大道路的必經通道。

「這裡不是馬路嗎？」吳米妮喃喃後，她轉身試著想從另一頭繞過那片奇怪的古厝。

施子瑜回家之後，天色迅速暗下，他沒聞見時常瀰漫在家中的酒氣，也沒聽見他媽媽哭泣的聲音。施子瑜把晚餐煮好之後，便寫起作業。寫完作業的他不知道又等了多久，還是沒盼到他媽媽回家，施子瑜只好出門去尋找他媽媽。

天一亮，郭耀諾起身想上學，屋子裡和往常一樣空無一人，他只看見餐桌上的紙條和早餐錢，他順手拿起早餐錢和紙條，把早餐錢收好之後，便把紙條扔進垃圾桶。

郭耀諾他們三人就是那樣突然出現在溪邊，並遇見那位徘徊溪邊的老婆婆。

當時，她穿著一身灰色斗篷，罩住了自己大半的身軀，僅露出一張滿布皺紋的臉。在清晨天色仍昏暗的溪邊，她乘坐著一艘巨大的屋船，那艘屋船猶如古代畫舫，全由木頭搭建。只見那屋船靜止在水中央，站在船上的她，左手提著古早時代的煤油燈，右手則指揮著一群人。那群人當中有大人也有小孩，那些人各個都雙眼空洞，卻一一聽命於她。

她開口便是低沉又渾厚的聲音，一句一句命令起那群人，有秩序地排隊，然後一一穿上一件件的銀色連身衣。只見那些連身衣一旦被人穿上，瞬間就變得亮晶晶開始閃動，還忽然就生出魚一般的雙鰭，緩緩在空中舞動起來。那銀色的連身衣似乎越舞動就越緊，緊到咻的一聲，竟把人給變不見了。

「不見了！」郭耀諾顫抖說著。

吳米妮連忙摀住郭耀諾的嘴，「是變成魚了，他們一個個都變成魚了。」

「在甲板上。」施子瑜簡直不敢相信自己的眼睛，他咕噥著：「一個一個都變成一尾一尾的。」

「一尾一尾的魚在甲板上跳著。」吳米妮也看傻了眼。

郭耀諾也十分驚訝，他指著不遠處芒草叢外的景象，禁不住就要大叫。

吳米妮再度壓制郭耀諾，「噓，別出聲。」

郭耀諾那被摀住的嘴巴，只能低聲發出，「妖，妖，有妖怪。」

吳米妮還是試圖鎮定，她根本不相信這世界上會有妖怪。她環顧四周，想要釐清目前情況，卻怎麼也瞧不出任何蛛絲馬跡，「奇怪，這裡的確是黑溪的中游

沒錯，但是，我又是怎麼走到這裡來的呢？」

「到底是怎麼一回事……」施子瑜也喃喃，他只記得自己要出去找媽媽，突然一陣大霧來襲。

郭耀諾則緊盯著芒草叢外的動靜，他又是一陣驚駭，急著想掙脫吳米妮的束縛。

吳米妮和施子瑜才又往不遠處的溪流張望，他們那一瞧，可不得了，魚一尾一尾正由木頭屋船的甲板往溪水中跳。

「難道，那些就是傳說中會說話的吳郭魚？」

郭耀諾嚇得一屁股跌坐在草叢中，身子止不住地發抖，因而發出窸窣、窸窣的聲響。

屋船上那穿著灰色斗篷的老婆婆也嚇到了，她猛然就往岸邊大喊：「誰！是誰在那裡！」

她這一叫，可嚇壞了郭耀諾他們。

郭耀諾他們因此飛快逃離溪邊的芒草叢，想要盡快回到熟悉的道路上。

一定會有人來救我們的。郭耀諾心想。

等車子經過，我們再趕快攔車。吳米妮在心中盤算著。

這裡是黑溪的中游，只要趕快往下游走，就一定能回家。施子瑜暗忖。

撥過一叢又一叢的芒草，走過一堆又一堆比人還高的草堆，吳米妮已經完全喪失了方向，施子瑜也不知道該往何處走，只剩下郭耀諾他怔怔看著眼前的景象，然後他做了一個決定，他開始脫褲子尿尿。

吳米妮尖叫，「你在做什麼！」

郭耀諾一尿完，他指著左手邊，然後答道：「你們看，路果然出現了。」

第七章　殭屍森林

那是一尾又一尾肥美的魚，老婆婆的眼睛為之一亮。

那時，她心想，要是能找來更多的魚，該有多好。

她根本就還搞不清楚是怎麼回事，就看見三個學生急忙遁入草叢——她看到的，真的是學生嗎？不，她所見的是魚，是一尾尾肥美的魚正從她眼前溜走。

她急著站在船上，用力把剛灑下的網子一點一點收緊。瞧那一尾一尾在溪水裡掙扎的魚兒，她邊收網，嘴巴還邊滴出口水。那一尾一尾的魚正因為網子越縮越小，因此更加奮力想跳出漁網。

而在船上的那些人什麼都沒看見，他們還是一個一個乖乖排隊，等著穿上會變身成魚的奇異衣服。

「她會追過來的，她會追上我們的。」吳米妮越想越害怕，彷彿只要她一回頭，就會看見，老婆婆來了，她真的來了，她就在他們的身後般。

郭耀諾他們越是那麼想，越是心慌。他們誰也沒有回頭，全都只顧著往前跑，恐懼已經使得他們越發看不清眼前的路。

突然間，郭耀諾試著冷靜下來，他沒有多加思索，朝著草叢的深處便尿了一泡尿。

他們當中的那個女孩，吳米妮接著尖叫。

施子瑜也就是在那個時候，才不再看著那團團將他們圍住的高大草叢。

「路。」施子瑜說。

「你們看，路果然出現了。」郭耀諾說。

「這是你阿公教你的法術嗎？」吳米妮冷靜後問道。

「我阿公說——」郭耀諾還未答完。

「據說那些不好的東西會害怕人類的排泄物。」施子瑜搶著說完，便急著朝草叢外走去，「我們還是趕快離開這裡吧。」

郭耀諾抬頭看了一眼施子瑜，似乎又想起李星瀚認為施子瑜是妖怪的話。

施子瑜大步往草叢外走去，吳米妮連忙跟上，郭耀諾也快步踩過那些草堆。

想不到踏出草堆後，並沒有出現郭耀諾他們三人所預期的柏油馬路。

那是一條滿布泥濘和石子的小路，小路兩旁的草很高，小路上卻沒有什麼雜草，顯然是常常有人走動那泥土小路，才使得小路沒有長出草來。

郭耀諾三人很是納悶眼前的奇怪泥土小徑之餘，他們漸漸發現四周有濃霧在聚集。

「這裡似乎怪怪的。」吳米妮說。

「要回溪邊嗎？」郭耀諾問。

「那真的是我們家附近的小溪嗎？我覺得那裡也怪怪的。」吳米妮答。

施子瑜以他高大的身軀，環顧四周後，指著眼前的泥土小路說道：「這是唯一的道路。」

「那小路都是爛泥巴。」郭耀諾說。

吳米妮有些猶豫，「我根本不認識那條路，要是迷路了，該怎麼辦？」

「我們已經迷路了。」施子瑜說：「走吧，我們得靠自己去尋找出路。」

小路蜿蜒陡升，吳米妮越走越害怕，她說道：「我們的家應該在山腳下。」

「這裡並沒有往山下的路。」郭耀諾說。

「或許只要繞過這座小丘，我們就能夠通往熟悉的地方。」施子瑜喃喃。

正當郭耀諾一行人還猶豫著步伐，草叢裡卻出現青色的光，像是路燈指引著方向。

「有人。」吳米妮指著前方的燈火喊道。

「天色就快暗下，我們需要燈源照路。」郭耀諾說。

沒等施子瑜觀察完，吳米妮已經往青色的燈火走去。

施子瑜正想叫住吳米妮，一個聲音從草叢底端傳出。

「不要過去。」

吳米妮楞了一下，才低頭去尋找聲音。

「喂，小朋友不要再走過去了。」

吳米妮伸手去撥開草叢，才發現那是一隻黑貓正在跟她說話。

吳米妮因此嚇了好大一跳，一個踉蹌，差點跌倒。

施子瑜和郭耀諾也跟著往草叢底端看去，那是一隻幼小的黑貓，卻正經跟他

們說道：「喂，小朋友們不要再往前走了。」

「我們是小朋友？」郭耀諾看看施子瑜，然後反問黑貓說：「那請問你這隻小貓咪為什麼叫我們不要再往前進？」

「那是殭屍在巡邏。」小黑貓答。

「貓，貓，貓咪會說話。」吳米妮一臉難以置信，她揉揉眼睛後，說道：「什麼連殭屍都出現了？」

吳米妮說完，嚇得趕緊暫停呼吸。

只見吳米妮的臉越來越紅，

都快要憋不住氣了。

小黑貓搖搖頭說：「那些殭屍要看見獵物，才會行動。」

吳米妮趕緊恢復呼吸，一臉疑惑問道：「小貓咪，你為什麼會說話呢？」

「我才不是小貓咪，我是守護者的後代。況且我們本來就會說話，只是人類自己想不想聽見而已。」小黑貓答。

「守護者的後代？」吳米妮問。

「對，我們守護著一座村莊。」小黑貓得意回答。

郭耀諾持續望著草叢外，那些遍體都閃著青色微光的殭屍說：「噓，小聲點，那些殭屍好像是非洲獅子在巡視自己的領地般。」

「什麼是非洲獅子，我只知道在前方樹林巡邏的是殭屍。」小黑貓說。

「非洲獅子跟你一樣是貓科動物，只是身體是你的好幾十倍大，而且生長在非洲。」郭耀諾說。

「我生長在這座樹林裡，這裡沒有你說的那種龐然大物。」小黑貓說。

「但是這裡有殭屍。」吳米妮打起冷顫。

「殭屍是突然出現的。」小黑貓說。

「突然出現的？」郭耀諾問。
「就跟你們一樣，莫名其妙就在這座樹林出現了。」小黑貓答。
「我們也不知道為什麼會出現在這裡。」施子瑜說。
「那殭屍又為什麼會出現在這裡？」郭耀諾問。
小黑貓搖搖頭，然後說道：「跟我走吧，我知道要如何繞過那些殭屍。」
小黑貓說完，領著郭耀諾三人就往左邊的草叢深處行進。一路，他們放輕腳步，就怕引來殭屍的注意。他們一行人小心翼翼慢慢移動出了草叢，眼前又出現一條泥濘小徑，比剛才的路更小。
「前面就是我家。」小黑貓說。
「我好像來過這裡……」郭耀諾看著眼前的景物，不知為何有種熟悉感。
「我什麼都沒看見。」吳米妮說。
施子瑜指著前方的土堆，然後說道：「那裡應該是野貓或野狗會聚集的地方。」
「那是我的家。」小黑貓瞅了施子瑜一眼，然後喵了一聲，以示抗議。

「那我們要怎麼回家？」吳米妮問。

「我不知道你們的家在哪裡，我只知道我家就在這裡，而那些殭屍也不會到這裡巡邏。」小黑貓答。

「這裡到底是哪裡？」吳米妮茫然望著前方後，皺緊眉頭。

「我阿祖或許能夠告訴你們。」小黑貓驕傲回答後，翹起尾巴，以優美的步伐繼續往前進，「從我阿祖的阿祖的阿祖開始，就已經住在這裡，這裡有美味的老鼠和魚——」

突然間，小黑貓停下腳步，牠一臉生氣轉頭看向郭耀諾三人，「可是，最近什麼都沒有了，沒有魚也沒有老鼠，就只有你們這些奇怪的東西。」

「我們是人類。」郭耀諾說。

「這裡沒有人類。」小黑貓對郭耀諾白了一眼，「這裡是我們的世界。」

「黑貓的世界？」吳米妮喃喃。

小黑貓繼續領著郭耀諾三人前進，就在他們靠近土堆的時候，卻發現高大土堆的另一邊，竟然早已戰況慘烈。

只見，一群黑貓對抗著一隻殭屍，那些黑貓各個對殭屍齜牙咧嘴，想要嚇退殭屍。無奈，殭屍眼裡只看見東西在動，一點都感受不到恐懼，只見殭屍一跳，就比貓咪還要高。

小黑貓嚇壞了，牠沒料到自己的家園會遭受攻擊，牠四肢發軟顫抖著。

原本在戰鬥的其中一隻老黑貓發現了小黑貓和郭耀諾三人，那隻戰鬥中的老黑貓對小黑貓說：「快走，快逃出去！」

「我不知道其他的路，我只知道回家的路！」小黑貓回應。

「我們也是從外面來的！」老黑貓喊道。

「外面？」小黑貓眼神閃爍。

「就是阿祖說過的那個故事，穿越森林，便會看見人類的老屋，只要走出那座老宅的大門，就能夠通往外面。」老黑貓說完，又一頭栽進與殭屍的對抗。

小黑貓噙著眼淚，牠趕緊帶郭耀諾三人離開貓窩，走入一片漆黑的森林。

「我阿祖的阿祖說過，只要往森林走，在東邊就會遇見一條溪流，不過不能沿著溪流走，要在遇見溪流之後，拐進一條小路，那條小路會通往溪邊下游的方向，據說港口就在溪流下游的盡頭，那裡會連接到海洋，海上有大船，我的阿祖的阿祖的阿祖就是乘著大船來到這座森林的。」小黑貓邊走邊說。

「你的阿祖的阿祖的阿祖為什麼要來這裡呢？」吳米妮問。

「有人把我們帶到了這裡。」小黑貓答。

「是誰？」吳米妮問。

「我不知道。」小黑貓答道。

施子瑜思索後，問道：「那人的目的是什麼？」

「困住殭屍。」小黑貓答。

「那殭屍為什麼跑出來了呢？」郭耀諾問。

小黑貓搖搖頭，「我也不知道。只知道殭屍出現的那天，天空灰濛濛的，我什麼都看不見，殭屍卻突然出現在森林中。」

小黑貓帶著郭耀諾三人快步穿越樹林，沒多久，古老的三合院大宅已經出現在眾人眼前，小黑貓仰天長嘯喵喵叫後，說道：「你們快走吧，我得回家，去守護我的家。」

第八章　火鹿現蹤

郭耀諾三人茫然走進了古老大宅的後門，他們驀地停下腳步。

吳米妮神色倉皇，她恐懼地望著眼前三進三落的古老大宅後院。

施子瑜則仰起脖子，努力觀察起四周。

郭耀諾的身高比吳米妮高，卻也顯得比施子瑜矮小許多，但他不自覺竟開始踩著輕鬆的腳步，來回在後院走動。

「是這邊，我們往這邊走。」郭耀諾指著古老大宅後院建築物夾縫中的通道。

「那裡會通往哪裡呢？」吳米妮顫抖問著。

「我記得入了後院，要走左邊的通道，不能穿越正身和護龍。我阿公說那是殭屍以前睡覺的地方。」郭耀諾答。

「你，你，你阿公，認，認，認識殭屍？」吳米妮驚得都說不好一句話。

郭耀諾搖搖頭，「我阿公聽說過殭屍的傳聞。傳說那些殭屍來自一間古老大宅三合院，後來大宅後邊的森林被人發現，堆起了越來越多貓的屍體。那時，村民才發現有殭屍的存在。」

吳米妮瞬間汗毛聳立，「真的有殭屍？」

「我們剛才就看見了。」施子瑜冷冷說道。

「我們一定是在做夢，我不過就是出門想買水喝而已。」吳米妮又驚又怒。

「我不常做夢。」施子瑜的語氣比夜晚的風還冰冷。

「只要走出這間宅院，繞過巷子，大馬路就在外頭。」郭耀諾說。

「你，你，你來過這裡？」吳米妮又是一陣吃驚問道。

郭耀諾搖頭，「我是聽我阿公說過，才會知道的。」

「你阿公來過這裡？」吳米妮又問。

郭耀諾繼續搖頭，「我不知道，我認識我阿公的時候，他已經快要八十歲。他也許曾經去過許多我不知道的地方，但是後來，都是由我牽著我阿公去附近的公園散步而已。」

「別耽擱了，我們走吧。」施子瑜依著郭耀諾的說法，先踏出了老宅。

吳米妮瑟縮起身子，十分畏懼地也跟著走出去。

郭耀諾在踏出老宅後，把老宅的小門關上。

他還記得他阿公說過，村裡的人費了許多工夫，才讓殭屍得以安息。

天邊的雲開始出現紫色的霞光，日頭即將爬出層層雲朵間。天色不知不覺就要亮了，郭耀諾三人走出巷子，眼見道路起起伏伏著像是爬行過一座又一座的土丘。郭耀諾他們三人沿著道路走，兩旁景致有傾頹的土角厝，也有被拆到一半的透天厝，還有沒蓋完的公寓大樓，可是卻一個人都沒有。

「這裡究竟是哪裡？」吳米妮幾乎都要急哭了。

施子瑜試圖冷靜，他緩緩搖晃一下昏昏欲睡的頭。

郭耀諾則沒找到阿公說過的大馬路……這下，他們完全迷路在一條又一條的巷子間。

突然，一個老爺爺提水經過。
施子瑜連忙叫住老爺爺，「老爺爺，請等一下。」
「沒時間了，火鹿又出現了。」老爺爺著急提著水桶，就要往前衝。
郭耀諾見狀，「我幫你吧，老爺爺。」
吳米妮嚇得直打哆嗦，「什麼火鹿？」
「要幫忙就快一點，一旦火鹿現身，就來不及了。」老爺爺催促起郭耀諾。
郭耀諾也呼喚兩名同學一起加入提水的行列。
「反正我們暫時哪裡也去不了，不如去幫忙老人家。」
「我，我，我……」吳米妮不想落單，她也趕緊跟上。
施子瑜則是滿腹疑問，他有些遲疑，卻也跟上老爺爺的步伐。
那是一團像白煙的物體，驟然就出現在遠方的樹林，直站在樹林的制高處，裸露的大石塊上，真有鹿一般的鳴叫聲傳出。
不僅老爺爺，還有許多老人家們也都提著水桶出現在樹林間。
一時，吆喝聲四起。

眾人提著水，直往前衝。

不久，那團白煙般的物體還真冒出火光。

眾人見了，一擁而上，迅速就將火勢撲滅。

郭耀諾看見了，那是他生平第一次看見傳說中的妖怪，像鹿一樣的妖怪。儘管郭耀諾連動物園裡的鹿也只見過兩次，卻一眼就認出那是他阿公說過的，長得像鹿又像麞的妖怪，那是種會引發森林火災的妖怪。

「長著一對冒著白煙的鹿角，而鹿的腳肢則還會邊跑邊磨擦出火光。」郭耀諾低語。

他不知道他的同學們是否也見到了，他沒時間詢問吳米妮和施子瑜，就趕緊加入滅火行列。

火終於完全熄滅，連煙也被風吹散了。

「有東西掉下來了。」吳米妮抬頭，看見天空瞬間烏雲密布。

雨嘩啦一聲而下，把整座山林都淋成灰茫茫

一片。

施子瑜立刻折下一截姑婆芋的葉子當雨傘，郭耀諾見狀也跟著折下一根姑婆芋的葉子，然後又一根葉子，他把姑婆芋葉子遞給吳米妮。

吳米妮接過姑婆芋的葉子，慌張看著樹林裡的老爺爺和老奶奶們，他們各個全靜止在雨中淋雨。

「下雨了，老爺爺、老奶奶快躲雨啊，淋雨會讓人生病的。」吳米妮喊道。只見他們最初遇見的那位老爺爺一派輕鬆說著：「是啊，又下雨了。」

「又下雨了？」郭耀諾狐疑望著老爺爺，「老爺爺知道會下雨？」

「一定會下雨的。」老爺爺答。

「既然知道會下雨，那為什麼還要急著滅火？」吳米妮瞪大眼睛問。

「一直都是這樣的。」老爺爺說完，就招呼郭耀諾三人去他家坐坐，「走吧，孩子，到我家去躲雨吧，雨會停的。」

郭耀諾滿臉疑惑，他先是看看施子瑜，然後又望向吳米妮。

施子瑜微微點頭，說著：「走吧。」

郭耀諾和吳米妮才趕緊跟上老爺爺的步伐，前往老爺爺家躲雨。

那是一排全部由竹子架高的房子，方才一起救火的老爺爺和老奶奶們都住在那排竹子建造的房屋內。領著郭耀諾三人的老爺爺緩緩爬上了竹子搭蓋的某間屋子後，他轉頭對三個孩子說：「歡迎光臨寒舍，招呼不周，請勿見怪。」

老爺爺才一推開竹子做的門，房子裡頭瞬間飄出溫暖的空氣。等到郭耀諾三人走進竹子房屋裡頭，才看見那裡到處掛滿各種顏色的毛毯。

郭耀諾伸手去觸碰那些毛毯，發現那並不是羊毛編織的，好奇的他詢問老爺爺說：「那是什麼做的？」

「是狗毛。」老爺爺答。

「狗的毛很短，怎麼可能？」吳米妮問。

老爺爺彎腰一低頭，發出奇怪的聲音之後，從一座美麗的木頭雕刻櫃子底下，驟然有一隻毛茸茸的東西鑽了出來。

那是一隻擁有美麗白長毛的狗，看得郭耀諾三人是目瞪口呆。

「我從來沒看過這種狗。」郭耀諾說。

「怎麼可能，這種狗在這裡到處都是。」老爺爺邊說，邊抱起白毛狗。

「那隻狗的鼻子太長了。」郭耀諾說。

「那隻狗長得很像是已經絕種的狗獾。」吳米妮說道。

「那是什麼？」施子瑜問。

「是一種很像白鼻心，卻長得跟狗一樣大的動物。」吳米妮答。

老爺爺搖搖頭，「不知道你們在說什麼，這是狗沒錯。」

「像綿羊一樣的狗。」郭耀諾一笑，好奇地走過去摸摸那隻小狗的狗毛。

「你們就在這裡等雨停。」老爺爺說。

「那我們要怎麼回家？」吳米妮問。

「我怎麼可能知道你們的家住在哪裡！」老爺爺一臉驚訝，「我只知道我住在這裡。」

老爺爺把白毛狗往地板一放，「去吧，孩子。」

施子瑜看看窗外，「雨好像停了。」

「你們走吧。」老爺爺說。

「這裡有公車嗎？」吳米妮怯生生問道。

「那是什麼東西啊？」老爺爺喃喃說道：「今天還真是奇怪的一天，怎麼會有那麼奇怪的三個孩子出現在這裡……」

「這裡究竟是哪裡呢？」郭耀諾問。

老爺爺望向窗外，答道：「這裡是一個很平靜的村莊，直到火鹿現身。那是一隻饕妖，既像鹿又像山羌。那隻會噴火的東西出現之後，就把這裡搞得雞犬不寧。不過幸好有山神會來搭救，那些不知活過多少歲月的老山羌後來都成為山神，山神總是會在那隻噴火怪出現後，也跟著現身降雨，才使得山林能夠永保太平。」

老爺爺說完，起身，拿起鋤頭後，又說：「看來山神已經回家了。孩子，你們也回家吧，我還有許多工作等著我去做。」

施子瑜點點頭，就要邁出竹屋。

吳米妮似乎還想問老爺爺，她欲言又止。

老爺爺見狀，便指著窗外西邊不遠處的竹林說：「你們要是餓了，可以去那座村莊，那裡的神仙都很好客，你們或許可以從那裡找到回家的辦法。」

「神仙？」郭耀諾一聽，耳朵都豎起來了。

「是，神仙。」老爺爺又開始收拾起農具。

「那老爺爺您是神仙嗎？」吳米妮問。

老爺爺搖頭，「我是人。」

施子瑜始終一派冷靜，他站在窗邊眺望起遠方後，轉身向老爺爺道謝後，便催促著同伴們離開。

第九章　仙山與靈獸

他們似乎都不記得有一名奇怪的老婆婆可能在後面追趕了，他們也忘了自己為什麼會出現在奇怪的竹屋前，他們只記得要遵照老爺爺說的話，直往西邊竹林裡走去。

只有施子瑜偶爾停下腳步，他回望身後的竹林，然後繼續往前方更遠的地方望去。

風呼呼吹過，一陣陣的風由更西邊的地方吹入森林，施子瑜一聞，便知道那是海的氣味。

「溪流裡有海的味道。」郭耀諾正蹲在一條小溪旁，把溪水裝入別在他褲頭上的過濾水壺，然後他先喝了一口，才遞給吳米妮。

吳米妮瞅著那水壺，她知道那是郭耀諾的生日禮物，突然沒來由地生氣而睨了郭耀諾一眼。

郭耀諾只好把水壺轉遞給施子瑜，說道：「你們一定也口渴了吧？」

施子瑜接過水壺喝了一口，然後說起：「這裡，應該不是我們的世界。」

「什麼？」吳米妮大驚失色。

「我爸在漁村住了很久，他說過，海離港口是越來越遠了。」施子瑜又喝了一口水，然後他把水遞給吳米妮，繼續說道：「海以前據說離山很近，我們現在就在山上，卻能輕易聞到海風，而且看剛才那群老人家住的房子，很像是我陪我媽去山上種水果時，看過的那些古老房子，但是那些房子早就已經沒有人居住了。」

郭耀諾一聽，頓時打起哆嗦，「我想起來了，我阿公說過，以前原住民都是用一種白色長毛狗的毛染色，然後織成衣服或毯子，但是那種狗早就已經在這裡絕跡了。」

「我們穿越時空了嗎？」吳米妮驚嚇問道。

施子瑜搖搖頭，「不知道，得去西邊那座竹林問看看。」

穿著灰色斗篷的老婆婆，不知道是在何時放下了網子，她慢慢離開屋船，遠離溪邊，直跟著郭耀諾三人走入草叢之中。啪，一股電流竄進老婆婆的體內，啪，又一股電流離開。老婆婆因此一下子想起有三尾肥美的魚從她眼前溜走，一下子卻又想起一個瘦弱的男孩直躺在破舊的屋子裡。啪，老婆婆的腦海中忽然浮現郭耀諾三人的身影，她好像記得他們，又好像不記得。老婆婆回憶著：其中一個男孩總是在匆匆忙忙上下學途中，經過她的身邊。另一個男孩則在焦急尋找母親的路途上，與她擦肩而過。而那名女孩每天都會在市場裡，幫忙她阿嬤揉饅頭的麵團。她看過他們？他們還記得她嗎？老婆婆心想：畢竟是陌生人，就算以前見過，他們也想不起來。啪，老婆婆瞬間又喪失了記憶，她只記得她從屋船跳下，是為了要追捕三尾肥美的魚。

那三個孩子是多麼的著急，他們快步就往老爺爺所說的那座竹林走去。

「得在這裡轉彎……石頭為記號……洞穴——奇怪，怎麼沒有洞穴？」郭耀諾喃喃說著。

「你在說什麼？」吳米妮問。

「沒有洞穴？」郭耀諾答。

「竹林就在前方了。」施子瑜說。

「我阿公說，他小時候常常穿越洞穴，由岡山到各山的通道，全都藏在洞穴裡，就在那些珊瑚礁形成的洞穴中。」郭耀諾搔搔腦袋，繼續說：「我們明明沒有穿越洞穴，我甚至只是走出家門，怎麼會走來這裡呢？」

「你知道這裡是哪裡？」吳米妮問。

「半屏山。」郭耀諾看看四周，然後說道：「我沒到過半屏山，我只知道我家附近的道路，我爸媽每天忙著上班，就連假日也不能帶我出去玩。但是我聽我阿公說過，他說那種會噴火的鹿科動物就出現在半屏山，半屏山上還住著仙人，那些陪我阿公在公園裡聊天的老爺爺們也說過仙人的故事。」

「我們在半屏山的山上？」吳米妮半信半疑。

施子瑜則四處瞧瞧，「或許，這裡是半屏山還沒有變成一半模樣的那個古老世界。」

就在三人狐疑著眼前世界時，竹林驟然變得不像是竹林，那些竹林彷彿都在搖動。沒有地震，只有春風微微吹過，竹子卻搖晃得厲害，彷彿是竹子自己在動一般。那些會自動搖晃的竹子，越搖顏色越變得不像是竹子的綠色，像是螢火蟲的螢光綠色閃閃發光，又像是潭水的綠色波光粼粼，漸漸竹子的顏色變得跟天空一樣的蔚藍，看得郭耀諾三人目瞪口呆後，竹林卻像是一扇大門，漸漸各自往兩方散開。

郭耀諾三人走了進去，那是一條七彩彷彿滿布寶石的通道。施子瑜回頭望，不知何時竹林已經離他們很遠，竹子都變成眼底一根針的大小。施子瑜轉頭繼續走，七彩的光芒全像是螢火蟲在身邊閃爍。他們走過的那條路也變得越來越像是一塊條狀黏土，遠遠黏在一片綠色海浪之中。

此時，不遠處傳出吵鬧的聲音，「比群山都還高，比群山都還高……」

郭耀諾三人繼續往前走，只見那是一群全身發光的人，他們拿著白紙和毛筆像是飄浮在空中作畫般，有人邊翻跟斗邊磨墨，有人邊轉圈邊畫出一座山，有人拿著毛筆在游自由式般，有人揮動長長的畫紙像是在游仰式。

施子瑜低頭看，才發現不知不覺，他也飄浮在那些人群之中。郭耀諾也在飄，吳米妮也慢慢在空中走得像是狗爬式。

那些拿著筆墨畫出一座又一座山的人，他們的嘴裡喃喃說著：「要比群山更高，比群山都還高，還高，更高……」

突然間，有一條透明隧道把施子瑜、郭耀諾和吳米妮都吸了進去。那是一條像是充滿亮光烏賊般的通道，藍色雪亮的光芒就像是大海裡的水流，施子瑜瞬間眼睛發亮，他又回憶起他爸爸帶他去海邊游泳的往事。

轟！

施子瑜立刻被嚇醒。

郭耀諾和吳米妮還呆楞著，像是身在海中，眼前的通道宛若珊瑚產卵釋放般閃閃發光，四周彷彿被滿天星星包圍。

轟！

施子瑜看見了通道外，有一道雷劈下，瞬間隧道外的人全都落荒而逃。那些人畫的山也被劈成兩半，畫紙在空中緩緩飄落，墨水濺了一地，毛筆也倒在濕漉漉的土地上。

「外面在下雨嗎？」施子瑜喃喃問。

「那是上天在生氣。」

施子瑜這才發現，通道內有一個男孩，他長得跟時常在學校找他麻煩的王期祐有點相像。

那男孩全身濕答答，面無表情，只有身上的白光還一明一滅閃動著。

「你是誰？」施子瑜問。

「我剛才差點就被雷打到。」男孩回答。

施子瑜定睛一看，那是個身穿青色古怪衣服的男孩，男孩的頭髮全綁在頭上，成為一個髮髻，男孩看上去有些落寞，他正慢慢走在隧道中。

「以前也是這樣的，我師父把山做成饅頭，讓那些不知情的人一直吃，山因此就被吃掉了一半。」

「你在說半屏山的故事？」施子瑜問。

「神仙把山變成了一半。」男孩說。

「剛才是怎麼回事？」施子瑜問。

「是更厲害的天神把山都劈成了兩半。」男孩答完後，說著：「走吧。」

男孩忽然轉頭望向郭耀諾和吳米妮，他們兩人才瞬間回過神來。

「跟我回我家吧。」男孩說。

隧道裡逐漸變得白茫茫，就像是沙土飛揚漫天的模樣。

「小心，就快要出去了。」男孩說。

施子瑜趕緊牽起郭耀諾的手，郭耀諾也拉起吳米妮的手，他們三人戰戰兢兢地跟在男孩的身後。

沒多久，藍色薄膜般的隧道消失。郭耀諾三人的眼前一黑，等再度能看清楚時，眼前有一座座奇怪的石頭屋子矗立在黑夜之中，屋子旁則有一座座閃著白光的井水，不遠處有樹林，樹林裡則不斷閃著橘色、紅色、黃色、橙色和一點點的藍色與綠色微光。

「那是什麼？」施子瑜問。

「是山神，山神的眼睛望著我們。」男孩指著樹林裡的光點說。

「是老山羌的眼睛吧。」郭耀諾忍不住露出欣喜樣。

吳米妮一臉疑惑望著郭耀諾。

「我阿公跟我說過，高雄有很多老山羌的傳說。」郭耀諾一副迫不及待的樣子，想目睹老山羌的廬山真面目。

「不可能的，那些是靈獸。」男孩目光幽幽繼續說道：「那些長久居住在山林裡的靈獸，後來都修煉成山神了。」

郭耀諾有些沮喪，「那麼，除非山神想見我，要不然我是看不見祂們的囉？」

「因為速度很快。」男孩淡淡說道。

「山神為什麼要跑得那麼快呢？」吳米妮問。

「因為山神想守護山林，祂們一直在巡邏。」男孩答。

「山又不會跑掉，為什麼巡邏要跑得那麼快？」郭耀諾問。

男孩轉身指著半屏山的山頂，然後回答：「我師父說，以後的人類會以更快的速度毀滅這座山。」

男孩嘆了口氣，又說：「以前也是這樣，以後也會是那樣。」

「什麼怎麼樣？」吳米妮還是一頭霧水。

「山會消失的。」男孩回答。

「山也會再出現的，我爸說，我們眼前的土地都是由海底抬升出來的。」施子瑜說。

「山會出現也會消失，我阿公說，這座島以前，就曾發生颱風風吹雨打一整夜後，就摧毀了臨近海邊的沙洲。」郭耀諾說。

「總是會消失，也會再出現。」男孩繼續說道：「跟我回家吧。」

郭耀諾三人依依不捨望著樹林裡的七彩光點後，便跟著男孩回家。

男孩的家就在那些低矮沉重的石頭屋子裡。男孩推開厚重的木頭門，石頭屋內伸手不見五指，男孩卻像是戴著夜視鏡般，直領著郭耀諾三人往屋內黑暗的盡頭走去。那是一條漸漸下坡的通道，通道內有些許微光來自牆壁，就像是螢火蟲歇息在牆上般。沒等郭耀諾三人弄清楚通道內的情況，男孩又領著他們往更深的地底走去，就那麼繼續往下走，原本悶熱的感覺突然間變得寒冷，那是一陣又一陣的涼風，間斷吹過郭耀諾三人身邊。

「為什麼會有風？」郭耀諾納悶問著。

「因為有泉水，我家在泉水的旁邊，就快到了。」男孩理所當然般回答。

沒多久，男孩領著郭耀諾三人走出了昏暗的通道，藏在通道的盡頭竟然是一片藍白亮光的溪畔。那裡還有許多人，都正在溪邊跳舞。

其中一名少年硬牽起一名美得像仙女的大姊姊，那名大姊姊嚇了好大一跳，一旁的大叔便急忙趕過去。只見少年、大姊姊和大叔一時間吵成一團，他們三人拉拉扯扯，吵架聲音此起彼落。

轟！

雷聲頓時又響起，原本美麗的溪畔瞬間傾盆雷雨而下。

男孩十分害怕，他喃喃說道：「看來天神又要把那些仙人都變成山了。」

「你怎麼知道？」吳米妮問。

「以前就發生過。」男孩答。

「半屏山是一個被劈成兩半的仙人所變成的山。」郭耀諾說。

「會一直那樣的。」男孩面露憂愁，然後繼續說道：「這裡的半屏山會一直那樣的。」

「難道這裡是時空隧道，這裡只是半屏山漫長歲月裡的某一個時間點？」吳米妮睜大眼睛問。

「看來，這裡的時間則會一直重複。」郭耀諾說。

「像是被困住了。」吳米妮頓時臉色蒼白。

男孩的臉越發憂傷，他對郭耀諾三人說：「你們得走了，我的家又要消失了。」

「會再出現的。在很久以後，半屏山還是會存在的。」施子瑜試圖安慰男孩。

男孩笑了笑，指著溪畔的石堆，「往那裡走，應該就可以出去了。」

郭耀諾趕緊拉著吳米妮就要往石堆走去。

施子瑜則忍不住回望那原本幾分鐘前還很寧靜的溪濱聚落，他有些迷惘。直到郭耀諾喊了他一聲，他才急忙跟上郭耀諾和吳米妮的腳步，開始朝溪邊那大大小小石塊堆疊的溪岸走去。

第十章　小心！有龍

石頭大大小小疊在溪邊，越往前走，越是發現，原本是大顆有稜有角的石堆，漸漸都變成小而圓的石子散布在溪邊。

溪水是否會從遠處一沖而下，把溪畔瞬間淹沒……這些問題，郭耀諾三人想都不敢想。他們只是慌亂在參差不齊的石子上走著，任各自濕漉漉的腳印踩過那些灰白乾燥的石子。

突然間，吳米妮注意到了，前方他們尚未走過的石子，卻有濕答答的灰黑色腳印踏過。

吳米妮連忙告知兩位同伴，「你們看，那是什麼？」

郭耀諾伸長脖子，直往更遠的石子堆看去，「有腳印。」

「什麼腳印？」吳米妮問。

「不是人的嗎？」郭耀諾搔搔腦袋，繼續觀察。

「有爪子的。」施子瑜說。

「是貓嗎？」郭耀諾問。

「不可能是貓，貓怕水。」吳米妮答道。

「貓也要喝水吧。」郭耀諾回應說著。

「也許是食蟹獴，牠想吃溪裡的小螃蟹吧。」吳米妮說著。

施子瑜搖搖頭，「沒有那麼大隻的食蟹獴。」

郭耀諾忽然眼睛一亮，「會不會是那些已經變成山神的老山羌！」

吳米妮嘆了口氣，對郭耀諾說道：「山羌只有蹄子沒有爪子。」

「那什麼東西有爪子呢？」郭耀諾問。

「狗也有爪子。」施子瑜回答。

「難道是出現狗的妖怪了？」郭耀諾思索著。

「妖怪？」吳米妮一臉困惑。

郭耀諾一臉理所當然地回答：「我們不是正在妖怪和神仙的世界裡嗎？」

吳米妮這才回想起一連串的事件，腦袋不禁轟然作響。

「是你害的對吧？」吳米妮越問，越感到心口涼了一截。

郭耀諾連忙搖頭，「我什麼都沒做。」

「那我們為什麼會在這裡？」吳米妮感到越來越憤怒。

「我不知道。」郭耀諾慌亂回答。

「這世界上不可能會有妖怪……」吳米妮又急又怒，她埋怨自己，憑著她的聰明，卻怎麼也想不清眼前是怎麼一回事。

溪流裡的沙子卻頓時金光閃耀，彷彿有金子藏在水裡的細沙中。那些亮光漸漸跳動了起來，彷彿是一面又一面的小鏡子在溪水裡轉動，因此不斷映出七彩閃動和白光閃過的樣子。

「都別吵了，是地震嗎？」施子瑜問道。

郭耀諾卻指著前方那些濕答答落在石塊上的黑色印子說：「不只有爪子，還有長長的拖痕。」

「是蛇嗎？」吳米妮尖叫了起來，「我最害怕蛇了。」

「是蛇郎君嗎？」郭耀諾越發好奇，他看了看那些印在石頭上濕漉漉的痕跡後說道：「如果是一般的蛇，蛇會有腳嗎？」

「以，以，以前的蛇，有，有，有腳。」吳米妮顫抖說著。

「蛇郎君據說是好的妖怪。」郭耀諾試圖安慰吳米妮。

「妖怪怎麼會有好的，蛇郎君不是懲罰了壞心的母親和姊姊嗎？」吳米妮問。

「蛇郎君是真心愛護他的妻子。」郭耀諾說。

「那不過就是傳說故事，蛇郎君娶了好心的小女兒，小女兒卻被姊姊和母親害死，蛇郎君才去報復壞姊姊和壞母親。」施子瑜補充說道。

「蛇郎君沒有一口吞掉任何人嗎？」吳米妮問。

「沒有。」施子瑜答。

「但蛇據說是冥界的靈魂變成的。」郭耀諾說完，不禁打起冷顫。

「靈魂？鬼嗎？」吳米妮問。

「我阿公說過，在古老的傳說裡，蛇是冥界的生物，可能是許許多多的靈魂變成的，那樣的妖怪會到人間要求娶妻。」郭耀諾答道。

「聽起來，蛇就是很可怕的動物。」吳米妮打起哆嗦。

「蛇就是蛇，蛇是動物沒錯，不是鬼也不是妖怪。」施子瑜說著。

郭耀諾指著石子上的黑印說：「那麼大的蛇肯定是妖怪沒錯。」

「那並不是蛇。」施子瑜堅持說著。

「那究竟是什麼呢？」

吳米妮問完，溪邊頓時閃耀出快速彈跳的亮光。

那些跳動中的水花，彷彿是有大型動物正踩過溪邊，才會濺起般。

然而，溪邊除了郭耀諾三人以外，並沒有其他聲音。

郭耀諾他們真沒聽到半點聲響，只看見一道跳動的波光又閃過，然後又是一道，漸漸那些七彩耀眼的水花越來越靠近郭耀諾他們三人，直到他們都聽到像雷聲在響的聲音。

轟！

「你們在這裡做什麼？」

那是一陣像是動物嚎叫，又似人嘶啞的聲音說完，跳動的水花瞬間落下，在一片閃閃發光的溪畔石堆上，不知何時矗立了一條巨型生物，而那條隆起身子像座山丘的巨型生物則正在跟郭耀諾三人說話。

郭耀諾三人呆愣在原地，全都驚得說不出話來了。

「喂，你們三個小孩在這裡做什麼？」巨型生物又問。

施子瑜像是再度被嚇了一大跳，不自主微微甩動起頭。

「這裡是我的家，你們在這裡鬼鬼祟祟做什麼？」巨型生物又問。

吳米妮又被嚇了一跳，全身不由自主輕輕搖了幾下。

郭耀諾稍稍恢復了神智，他心想：那麼巨大又有長長身軀的東西，頭上還長著角，身上也有蛇一般的鱗片，難道牠就是這塊土地傳說中的……郭耀諾趕緊囁嚅著話語問道：「請問你就是土龍嗎？你不在土裡，你在溪邊做什麼？」

巨型生物聽完，露出一頭霧水的神情。

郭耀諾趕緊仔細觀察，巨型生物光是頭就比他們三人加起來的還要大。

那貌似土龍的生物則又再次靠向他們三人，瞬間，牠從鼻孔噴出的二氧化碳，都快把郭耀諾三人給熏昏了。

那巨型生物左瞧右瞧，然後又嗅了一嗅郭耀諾三人。

「你們不是壞人。」巨型生物說。

「我們只是路過。」郭耀諾說。

「你，你，你真的是土龍嗎？」吳米妮好奇問道。

「我是土龍？我不知道我是什麼龍，反正我住在地底下。」巨型生物答道。

「嘿，龍，你為什麼不住在大樹旁，或是在水圳邊呢？」郭耀諾問。

「我本來就住在這裡，我沒想過要搬家啊。」巨型生物疑惑回答。

施子瑜則看看四周，「我想，這裡是以前的曹公圳，那時還有溪水流過這附近。我爸說，溪流改道改變了整座島上的許多地貌。」

吳米妮一聽，還是感到難以置信，「我們真的在妖怪的世界，而且還是人類尚未發現妖怪的那個時間點？這麼說，我們是回到過去了？」

施子瑜搖搖頭，「這我可不清楚。」

巨型生物在一旁聽得丈二金剛摸不著腦袋，牠對郭耀諾三人說道：「這裡不是你們該來的地方，你們趕快回家吧。」

「請問，我們要怎麼走才能回家呢？」郭耀諾問。

「這個，我可不清楚，我只知道我家就在這裡。」巨型生物回答。

如果眼前這生物真的是土龍，那是幾百年前的事情呀！郭耀諾思索後，不禁大失所望，「如果這裡是你家，那我們不就永遠回不了家了。」

吳米妮一聽，更加著急，「這下怎麼辦，你不回家又沒關係，我不回家的話，誰要幫我阿嬤做饅頭。」

吳米妮說完，怒瞪郭耀諾。

郭耀諾一聽，面帶困窘，「我，我，我回不回家真的已經沒有關係了嗎？我爸媽已經很不愛回家了，如果我再不回家，那我家會變成什麼模樣！」

「你爸媽都不愛回家？」施子瑜一臉疑惑。

「我爸媽在家的時間很短，我甚至都不知道他們到底有沒有回家過。當他們回家時，我早就睡著了，等我醒來，他們又去上班了。」郭耀諾答。

「原來你爸媽常常不在家，那不就沒有人可以陪你說話，你豈不是也很孤單。」施子瑜心有戚戚焉。

吳米妮則一副準備繼續興師問罪的樣子，「郭耀諾，一定是你害我們跑進這麼奇怪的地方。」

突然，一陣咳嗽的聲音傳出。

「你們在說什麼？」

郭耀諾定睛一看，那是一名身穿灰色斗篷的老婆婆，老婆婆看起來似乎有點面熟。郭耀諾再看，他瞬間露出驚訝神情。

只見老婆婆慢慢轉過頭，露出半張臉，那滿臉的皺紋就像是藤蔓爬滿老婆婆的臉龐，老婆婆緩緩說：「什麼進什麼出？這世界上的事本來就在這裡，還能跑去哪裡。」

「妳，妳……」吳米妮指著老婆婆，手指忍不住顫抖了起來。

老婆婆則又微微抬起頭來，露出大半張臉。

施子瑜頓時呆若木雞。

第十一章　石洞裡守護黃金的老人

「走吧。」

她那樣對郭耀諾三人說完，彷彿他們是認識許久的好朋友，郭耀諾三人瞬間全都鬆懈了心房。

起初，施子瑜還掙扎著，他拚命眨動雙眼，他拍拍自己漸漸昏沉沉的腦袋，他想要大吼藉此振作精神，但是他失敗了，他的眼皮越來越重，他覺得腦袋裡的氧氣好像一點一滴流失，他必須要睡覺才能恢復清醒……他打了個好大的呵欠，終於無力抵抗，施子瑜便慢慢跟上灰色斗篷老婆婆的步伐。

走在老婆婆身後的郭耀諾，他不知為何回頭，然後神情憂慮望著身後的吳米妮和施子瑜，卻冷漠說道：「趕快跟上。」

吳米妮則拼命打起呵欠，她越是努力想要用搖頭晃腦的方式讓自己清醒，就越是覺得人昏沉沉的。

當郭耀諾回頭看著吳米妮的時候，她瞬間莫名發怒了起來，「我——我為什麼，我，我，我為什麼要聽你……」

吳米妮眼睛一開一闔，她揉揉眼睛，全身肌肉瞬間放鬆，兩隻眼睛一呆，嘴裡只喃喃說著：「我好想我爸媽，我好羨慕同學們都有爸媽……媽媽從亮亮的大門口走出去了，我那時明明就看見了……」

有一群鳥瞬間從黑壓壓的森林裡飛了出去，而那條原本大得像山丘的巨型生物卻身體越縮越小，小到像是一隻蜥蜴後，便自顧自地溜掉。

啊啊。

咕咕——咕。

嘎，嘎，嘎。

郭耀諾他們三人腳下的深咖啡色老樹根變得越來越透明，樹的枝葉在那些透明若玻璃的樹根裡流動成美麗的橙黃色。樹根下的小草也透出了明亮的淡綠色。青苔在石頭上也被黑夜裡的奇異光芒，映得像是剛被露珠洗完後的那般晶亮。

忽然，有道光芒從遠遠的盡頭射向老婆婆和郭耀諾三人，那道白色閃著七彩的光似乎正在指引著他們的方向。

鑽過了布滿透明樹根的森林，他們彷彿又回到了溪岸，那裡到處都是大大小小亮晶晶的石頭，就像是一大塊一大塊的透明玻璃，碎了一地，胡亂被放置在溪邊，才各自映出夜空星星般的顏色。

郭耀諾微微往腳下一看，「都是白色還微微透明的石頭。」

「是星星掉落在溪谷裡了。」吳米妮眨眨迷濛的雙眼說。

郭耀諾那半睡半醒的神智，回應吳米妮說：「月亮才曾經掉進這座島上的某座溪谷，直到山羌安慰了那顆月亮受傷的心，讓月亮不再害怕射日的獵人，月亮才又回到天空中。」

「你，你胡說，射日的獵人為什麼要射月亮呢？」吳米妮緩緩問道。

「因為月亮是太陽變成的，月亮是受傷的太陽。」郭耀諾緩緩答道。

他們直沿著石堆走，溪谷卻驟然消失，眼前出現的是一座矮灌木林。

「樹叢裡有光點。」施子瑜緩緩舉起手，指著矮灌木林說。

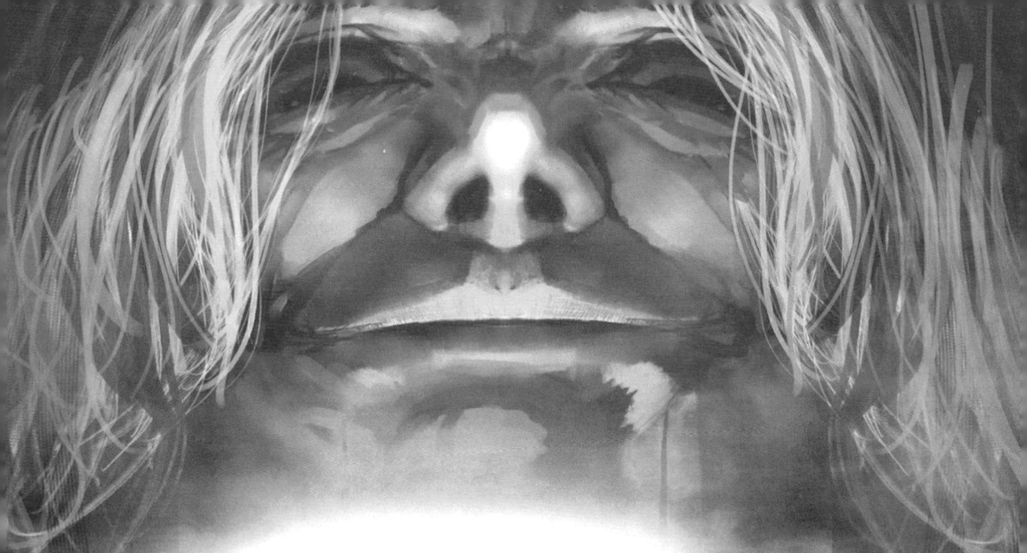

「走吧。」老婆婆再度轉頭對三人說。

他們便繼續朝充滿七彩光點跳動的矮灌木林走去。

規律閃耀著光點的樹林就像是海裡的珊瑚礁群，他們越深入那樹林，身旁的光點則越是猶如各種螢光魚在他們身邊游動。

不知不覺，他們走進了一座灰白色的世界，在那裡的灌木林也瞬間成了灰白色，石頭是灰白色的，階梯是灰白色的，模糊著字跡的指示牌也是灰白色的。

郭耀諾三人邊看著沿途周遭景色的變換，邊緊緊跟隨那位穿灰斗篷的老婆婆一直走一直走，從樹林小徑穿梭到灰白色的岩洞，那些岩洞彷彿有許多出口和入口，陽光因此得以從四面八方的岩石縫隙透了進去，直到通道越來越狹窄，洞穴裡頭的光線才越來越昏暗。

「休息一下吧。」老婆婆說。

原本東張西望的郭耀諾瞬間停住了張望的動作，一直揉著惺忪睡眼的吳米妮也轉瞬間靜止了，而原本走在最後頭的施子瑜則更加快腳步，趕緊挨到老婆婆的身邊。

沒多久，洞穴裡頭來了一名全身都灰濛濛的老爺爺，老爺爺的眼睛很小，鼻子很大，嘴巴都隱沒在大把灰色鬍子裡。老爺爺邊脫下一頂寬鬆的帽子，邊問道：「我可以坐在這裡嗎？」

老婆婆微微點了一下頭。

郭耀諾這才緩緩轉動自己那越來越感到沉重的腦袋，他望了一眼坐在他們對面石頭上的老爺爺，他覺得老爺爺的臉很模糊，而且從頭到腳都是灰撲撲的模樣。

施子瑜則看著老爺爺，他的眼睛想問些什麼，但他說不出來，他只能看著，然後默默流下了一滴眼淚。

吳米妮則揉揉惺忪睡眼，她也瞧了瞧坐在他們對面的老爺爺，她喃喃低語問道：「老爺爺，你在這裡做什麼？」

「我等會兒就離開，我在等雨停。」

「外邊下雨了嗎？」

「最近常常下雨，也常常地震。」

吳米妮聽完老爺爺的回答，她打了個呵欠，面露十分疲倦的模樣。

郭耀諾則問老爺爺說：「老爺爺，你一直都在這裡嗎？」

「我不知道這裡是哪裡。」老爺爺回答。

「老爺爺，你迷路了嗎？」吳米妮又打了一個呵欠。

老爺爺看看四周，「有人叫我在這裡等他。」

「是你的朋友嗎？」郭耀諾問。

老爺爺的眼神茫然了起來，「好像是船長。」

「他還沒來嗎？」吳米妮問。

「他駕船走了，只留下一些東西。」老爺爺環顧洞穴，繼續說道：「好像就在這裡，那些東西。」

郭耀諾也跟著看看陰暗的洞穴——咚，咚，他聽見了水珠滴落地面的聲音。

「有水？」

「這裡離海邊很近。」老爺爺說。

吳米妮直搖頭，「明明只有山丘和樹林。」

「或許是我記錯了。」老爺爺抬頭望著他走來的那條通道，「我實在是待在這裡太久了。」

「您所說的那位船長究竟什麼時候會來？」郭耀諾問。

老爺爺低頭思索，幾分鐘後才回答：「我不知道，東西還在這裡，他叫我等他。」

老爺爺說完，從褲子的口袋掏出了一個金元寶，「就是這個東西，在這裡，聽說有很多這樣的東西。」

郭耀諾一看，說道：「柴山才有那樣的東西，那叫做金子。」

吳米妮搖搖頭，「沒有金子，全都是傳說。」

「四百多年前，海盜到過柴山，他們把寶藏全藏進了柴山。」郭耀諾反駁說道。

「也許真有海盜來過，但什麼都沒有留下。」吳米妮說。

郭耀諾回應：「不只是海盜，還有神仙藏了白銀。」

老爺爺一聽，呵呵笑起，「我只有看過船，大型的火船停在港口外，接駁的船隻要繞過巨大的岩石才能進入。那些冒險進入港口的船要打鼓請求神明協助，才能平安通過。」

「我知道，那是鼓山地名的由來。」吳米妮說。

「我沒看過巨大的岩石在高雄港內。」郭耀諾搔搔腦袋。

「很久以前了……」老爺爺皺皺眉頭，說道：「我在這裡已經很多年了，後來就看不見港口，也看不到海邊的榛榔樹。」老爺爺嘆了口氣，又繼續說：「我住的地方並沒有那些榛榔樹，那些是很像椰子樹的樹木。我住的地方也沒有椰子樹，但是我看過椰子樹，在其他島上的海邊。」

「老爺爺，你的家在哪裡呢？」吳米妮問。

老爺爺望著洞穴裡幽暗的通道，「我不知道，也許已經不會有人來接應我了，我在這裡待得太久，大概已經有幾百年了。」

施子瑜打了一個好大的冷顫。

「雨好像停了。」老爺爺緩緩起身說道。

吳米妮和郭耀諾對老爺爺揮揮手。

老爺爺步履蹣跚，每走一步就發出鏘、鏘、鏘，直敲在洞穴裡的灰白石筍和濕答答凹凸不平的地面。

等老爺爺走遠，施子瑜才終於放出聲，「他，他，他沒有腳。」

郭耀諾一聽，驟然清醒而嚇出一身冷汗，「我也有看到他的腳踝上有腳鐐，但是沒有腳掌。」

「老爺爺是飄走的。」吳米妮也滿臉驚恐。

穿著灰斗篷的老婆婆起身，她輕輕對郭耀諾三人說了一聲，「走吧，我們還得趕路。」

洞穴裡的水聲，滴答，滴答，咚。

郭耀諾三人頓時又像是被催眠，全都一一跟上老婆婆的步伐。

第十二章　歡迎光臨妖怪世界

老婆婆帶著郭耀諾三人緩緩在石灰岩洞穴裡穿梭，沿途都有路過的人，但那些人看起來都是灰色的，施子瑜突然就被他們嚇了好大一跳。他們有的揹著好似剛獵到的鹿，然後一臉像是在尋找升火地點的樣子。有的則揹著空空的魚簍像是在躲雨，有的則是小小的，從地底下的洞穴突然鑽出，還有許多身體發出七彩光芒的山羌在洞穴裡走動，然而郭耀諾和吳米妮彷彿都沒看見。

施子瑜暗忖：那不是郭耀諾最想看見的山羌靈獸嗎？

郭耀諾視若無睹地穿越過，那些全身都像是點綴著珠寶的神奇發光山羌。

施子瑜納悶了，他心想：難道只有我一個人看見嗎？

老婆婆似乎察覺施子瑜的困惑，她轉身對施子瑜說：「快跟上。」

施子瑜的雙眼立刻發直，便又緊緊跟隨老婆婆的腳步。

「柴山是會通蛇山的？」有聲音在某座通道內悠悠說著。

「柴山原來就能通往許多地方。」

洞穴內的聲音紛紛出現。

「你們看那群人，那一個老婆婆和三個孩子，他們為什麼會出現在這裡呢？」

「那些是人類，沒什麼好稀奇的。你們看，從溪流上游而下的那尾巨蛇，仔細聽，那嘶嘶聲是越來越近了。」

原本意識模糊似睡似醒的施子瑜，驟然又被洞穴內的說話聲驚醒。他驚恐睜大自己的雙眼，努力想要一探究竟，卻什麼都看不到，洞穴內的微光僅剩下洞穴岩壁上的那些發光真菌在照明著洞穴內的情景。

突然間，洞穴內亮閃閃了起來。

咚，咚，咚。

沉重的腳步聲越靠越近，直往郭耀諾三人和老婆婆的方向走近。

慢慢地，有一道黑影在洞穴內轉來轉去，影子動得很緩慢，那身影就像是一個駝背的老爺爺。

洞穴內的聲音則越來越吵雜。

「越來越熱了。」

施子瑜又拼命眨巴疲倦的雙眼，想把一切看個仔細。

「來了，來了。」

洞穴內的聲音紛紛說道。

「來了，真的來了。」

「已經通過泥岩地帶。」

「是從上游的山，慢慢下來的。」

「就從那一大片宛如恐龍背棘聳立的灰白世界來了。」
「那裡有像鱗片一般的岩石。」
「是如月球的模樣。」

突然間，所有聲音都靜止了。
咚，咚，咚。
老婆婆也轉身對郭耀諾三人說：「看來，得讓一讓了。」

洞穴裡的光越來越明亮，溫度也漸漸升高。
老婆婆領著郭耀諾三人暫時退入某一個通道，施子瑜則張大眼睛趕緊往主要通道上的亮光瞧去。

轟，轟，轟。
熱氣瞬間襲上了老婆婆和郭耀諾三人。
老婆婆又領著郭耀諾三人再往後退。
轟。

洞穴內驟然間亮得就像是白晝。

「是火光。」施子瑜低聲說道。

轟。

一個龐然大物緩緩從施子瑜他們的眼前移動過去。施子瑜定睛一看，然而他什麼也沒看到。僅僅瞧見那龐然大物的影子，就像一顆巨大的球緩緩拖過地面。

「是會噴火的靈龜大人現身了。」

聲音來自施子瑜的腳下，施子瑜趕緊低頭一看。

「別踩到我們。」那細小的聲音繼續說道。

「我們？」施子瑜好奇地問道，儘管他什麼也沒看到。

「我們是一團細菌。」聲音說道。

施子瑜東張西望，他的腳下除了灰白色的石灰岩，什麼都沒有。

「他看不見我們？」

聲音此起彼落說著。

「那另外兩個人呢？」

「那三個孩子在這裡做什麼？」

「這裡應該是妖怪的世界，他們是人類的小孩為什麼會出現在這裡呢？」

施子瑜越聽越迷糊，他問道：「什麼另外兩個人，不是還有一個老婆婆嗎？」

「他在說什麼？他在說什麼？」細小的聲音問著。

「我們一共有四個人！」施子瑜壓低聲音卻是激動說道。

「對，一開始是四個人……」

「後來呢？」

「有一個不見了？」

「不，那一個帶頭的，應該不是人類。」

老婆婆瞬間回頭，施子瑜趕緊閉嘴。

「那是什麼怪東西啊？還有那孩子在說什麼？我們在這裡幾千萬年了，我們看了那麼多古怪的事物，就今天最奇怪，竟然有三個小孩自己跑進妖怪的世界，還在這裡咆哮。」一聲音說。

施子瑜不禁打起冷顫，他看看前方仍踟躕不前等待傳說中噴火靈龜離開的老婆婆，又盯著自己腳下望，「我看的見鬼，可是我看不見你們。」

「我們不是鬼，那個縮在角落的傢伙才是。」

施子瑜順著聲音所說的方向看去，那是一團灰霧，灰霧彷彿也發現了施子瑜正盯著它瞧般，灰霧漸漸現出人形。

「看我做什麼？」鬼說。

施子瑜趕緊把眼睛一閉，「我什麼都看不見。」

自稱細菌的聲音哈哈笑，然後說著：「那小孩真好笑，明明他們三個都能看到鬼怪，他卻說自己看不見。」

施子瑜眨巴起困惑的雙眼，「怎麼可能，明明大家都看不到鬼，只有我看的見。」

聲音哄堂大笑，「那為什麼另外兩個小孩眼裡緊盯著那個穿灰斗篷的鬼呢？」

施子瑜聽完，萬分詫異，他望了一眼穿灰斗篷老婆婆的背面，驀地又打了一個冷顫，「老婆婆是鬼？」

「應該是吧。」

細小的聲音紛紛說道。

「可能是那種東西。」

「很像啊。」

「如果不是鬼，那又會是什麼東西呢？」

「妖怪？」

「我們活了幾千萬年，什麼樣的妖怪沒見過。」

「那個原本像是人的，可又好像是鬼。」

「那個到底是什麼呢？」

「鬼吧。」

「好像不是。」

「那到底是……」

老婆婆驀然轉過頭，她望了一眼角落，然後低吼了一聲，「走開。」

施子瑜便看見那坐在角落，若灰霧般的東西瞬間就消失了。

細小的聲音也因此嘖嘖稱奇。

「都看見了吧。」

「她應該不是鬼。」

「鬼竟然會怕她。」

「她看起來好像是人。」

「人會法術嗎？」

「她身上好像有某種魔法。」

「她是巫婆嗎？」

「我們竟然不知道她是什麼東西！」

「已經幾千萬年了，我們連原牛的妖怪都看過。」

「我還看過長毛象妖喏。」

「但她是什麼東西呢？」

老婆婆的耳朵動了動，她好像聽見了細小聲音在地底下吵雜著。

老婆婆驟然間大怒，對著地面大吼，模樣就像是虎姑婆般，張開老虎般的大嘴。

「那是什麼？」

聲音們又紛紛問道。

「這座島上沒有老虎的。」

「傳說鄭成功帶來兩隻老虎，一隻跑到嘉義，所以嘉義叫做打貓；一隻跑到這裡，原住民看了還以為是狗，所以這裡叫做打狗。」

「我們應該害怕嗎？」

「以前這座島上也有史前老虎經過，我看過喔。」

「但老虎不是她那個樣子的。」

「她是什麼呢？」

老婆婆突然面露困惑，她又吼了一次。

地底下細小的聲音仍然不為所動，繼續說道。

「這裡是妖怪的世界，怎麼連人和鬼都跑來了。」

「鬼不是妖怪嗎？」

「鬼是鬼，鬼要修煉才會成為妖怪。」
「妖怪修煉後也能成仙。」
「善良的仙修煉後就能成為天神。」
「已經成為天神的那些，以前是很古老很古老的生物，我看過喔。」
「那她是什麼？」
「我不知道。」

老婆婆一聽，她又氣又急，直對地底下的東西又叫了一聲，「滾開。」
細小的聲音全都呵呵笑了起來。

老婆婆只好對郭耀諾三人說：「別耽擱了，我們趕快離開。」
吳米妮立馬就跟上老婆婆的腳步。
郭耀諾的耳朵則不由自主動了起來，他好像也聽見了細小的聲音持續說著。
「那個小孩也看的到鬼。」
施子瑜轉頭看郭耀諾，郭耀諾像是剛從睡夢中甦醒。

施子瑜突然問郭耀諾說：「你也看的到鬼嗎？」

郭耀諾搖搖頭。

細小的聲音說著：「你看，人類就是愛說謊，他都看見那個奇怪的東西了。」

施子瑜一臉嚴肅，「我想，我們都能看到那些怪東西，才會不小心跑進妖怪世界。」

郭耀諾一頭霧水，「我從來就沒看過我阿公所說的那些鬼怪。」

「你現在就看到了。」施子瑜說。

第十三章　精怪之海

「都別說了。」

穿著灰色斗篷的老婆婆在石灰岩洞內吼了一聲，瞬間附著在洞穴內鐘乳石的水滴紛紛咚咚咚掉落地面。

吳米妮因此驚醒，她慌張看看四周，「這裡是哪裡？」

「我們正行走在高雄眾山的洞穴內，已經不知道走到哪裡去了。」施子瑜回答。

郭耀諾則仔細聆聽風的方向，他還記得他阿公說過：風會傳遞所有生靈的消息。

「外面是白天。」郭耀諾說。

「為什麼？」施子瑜問道。

「因為我聽見老鷹的聲音，而且我們的位置應該在向陽的山坡，向陽的山坡地面溫度較高，會有上升氣流，有助於大型鳥類盤旋。」郭耀諾答。

「我們正在往上游的高山前進嗎？」施子瑜趕緊又問。

郭耀諾仔細聽著洞穴裡，那溫暖的風吹過，「並不是，我們應該是在往下游的風向，只要有溪流就可能會有老鷹出沒。」

「原來，你懂得這麼多——」

施子瑜尚未說完，他突然覺得眼皮再度沉重，眼前突然出現幻覺般。整座洞穴裡驟然充斥了許多他以前最害怕看見的，那些無頭的鬼魂、穿軍服的鬼魂、突然會生氣變臉的水鬼和街上那些灰灰的鬼影，施子瑜越看越害怕，他很想逃跑，卻不知道該往哪裡走，才不會遇見鬼。

郭耀諾也覺得眼皮一沉，他的頭瞬間疼痛了起來，他只好把眼睛一閉，等那疼痛一陣又一陣漸漸舒緩。他再度睜開眼睛，他只看見他父母走進了洞穴，然後默默從他眼前走過去。郭耀諾當下聽見他爸媽一直在談論工作上的事情，他們絲毫都沒有談論到郭耀諾已經失蹤的消息。

郭耀諾猛然感到相當憤怒，他因此開始躁動地看著自己的手錶，他已經不記得是哪一天遇見了溪邊的怪事，也看不清楚現在的時間，他想脫掉那只爸媽送給他的手錶，但他直握緊拳頭。

吳米妮也感到腦袋昏沉沉，她彷彿又看見火鹿，急著救火的老爺爺和郭耀諾卻在一旁竊竊私語，她似乎聽見郭耀諾叫那名老爺爺為阿公——吳米妮大驚失色，她心想：難道是太想念阿公的郭耀諾，把他們都帶入了鬼怪的世界？

吳米妮試著清醒，她搖晃起自己的腦袋，她思索著：不可能，世界上並沒有妖怪。至於那些殭屍、九命怪貓、火鹿、仙人和老山羌山神……。

吳米妮突然一陣憤怒，她走到郭耀諾旁邊，毫不留情就搧了他一記耳光，然後她大聲怒罵郭耀諾說：「一定是你催眠我們，你老是說你爸媽不關心你，你想要離家出走。那你就自己一個人離開，為什麼要拖累我們。」

郭耀諾被搧了一記耳光之後，他的頭變得更痛，他把吳米妮都看成是自己的媽媽，他因此憤而轉身對老婆婆說：「請帶我走吧，反正他們也不會關心我。」

老婆婆面對眼前混亂的場景，非但沒有錯愕，她反而笑了又笑，對郭耀諾說：「那就跟我走吧，我們得動作快，還有好長一段路要趕。從現在走到溪海交界地帶還需要點時間，不過，我們一定能在黃昏時分到達的。」

老婆婆也看看施子瑜，然後說道：「跟我走吧，在那裡看不見鬼。」

施子瑜似乎是三人之中意志最堅強的，他試著搖搖頭後，說著：「我已經看了十五年的鬼，幾乎到處都有幽靈徘徊。」

老婆婆邊笑，眼睛邊瞪得好大，「孩子，相信我吧，我知道有一個地方不會被鬼魂打擾。」

施子瑜瞬間被老婆婆的雙眼給催眠了，但他還是有些許自我意識在掙扎，「那是哪裡呢？」

「跟我走，我保證那裡沒有鬼。」老婆婆說完，眼睛越瞪越大。

只剩下還在生郭耀諾氣的吳米妮，她氣得直踢起洞內的石柱，還不時吼著：「郭耀諾快放我們出去，不要催眠我們，我不會相信這個世界會有妖怪的，一切都是你的幻覺，快放我們出去。」

老婆婆朝吳米妮一揮，吳米妮瞬間轉身，然後眼睛一閉，就開始跟著老婆婆動作。

老婆婆瞅了一眼吳米妮，然後低聲說道：「妳最好催眠了，我不過是略施幻術，妳就已經中招。妳還嘴硬說妳不相信有妖怪，我看你們三人當中，就屬妳意志最為薄弱。」

吳米妮突然睜開惺忪睡眼，問道：「我們要去哪裡？」

「找妳媽媽。」老婆婆趕緊又用手一揮，然後邊笑邊答。

吳米妮便乖乖跟上老婆婆的腳步，緩緩朝洞穴深處走去。

沒多久，石灰岩洞穴和幽暗的通道都遠遠落在後頭。

老婆婆領著郭耀諾三人出洞穴後，在山林中，開始沿著溪谷走。漸漸，溪岸景致都開展成寬廣石灘，樹林也遠遠落在他們的後頭。

芒草隨風飄揚，溪岸邊逐漸有神奇的光點也跟著飄動。

老婆婆邊走邊以恭敬的語氣說道：「魚王啊，我帶來了三個特別的獵物，還請您笑納。」

「魚王啊，快出現，快來享用您美味的餐點。」老婆婆邊說，邊跳起奇怪的舞蹈。

郭耀諾三人則彷彿什麼都沒瞧見，繼續跟著邊走邊舞的老婆婆往溪流的下游走去。

芒草隨風沙沙作響，高大的野草也在風中飄逸，草叢裡隱隱約約好像有一艘華麗的古代屋船在自行移動。

那裡有船槳在水中搖晃的聲音，咭咯，咭咯。

啪答，啪答，一陣陣的漣漪推起屋船。

水聲，嘩，嘩。

「走過草叢便能看見紅樹林，過了紅樹林的溼地，就會到達海洋。」老婆婆邊說，邊舞動古老的舞步。

郭耀諾三人繼續往前走，直到穿過草叢，慢慢踏上屋船，咭呱，咭呱。

「停下你們的腳步。」老婆婆說。

郭耀諾三人立刻停下腳步。

「一個一個把那邊的衣服穿上。」老婆婆指著船艙裡，那一件件掛好的銀色連身衣。

吳米妮先走了過去，毫不猶豫就取下銀色連身衣，把自己套了進去。

郭耀諾有些遲疑，老婆婆則對他揮了一下，他才走了過去。

施子瑜則是雙眼驚恐，卻一動也不動。

老婆婆對施子瑜說道：「孩子，只要變成魚，就看不見鬼了。你相信我，因為魚的眼睛和人的眼睛是不一樣的。」

施子瑜打了一個冷顫後，才走進船艙。

吳米妮咚的一聲，就化作一尾超大的吳郭魚，躍動在日頭仍高掛樹梢的溪流下游，而那溪流上游方向，那片靠山的樹林則早已被夕陽染紅。

郭耀諾也化作一尾跟他身高一樣長的吳郭魚，鱗片閃閃在屋船的甲板上。

施子瑜則化作三人當中最大尾的吳郭魚，他拚命掙扎，直到老婆婆又對他揮了又揮，化作吳郭魚的他身軀越縮越小，動作也越來越小，慢慢就變成一尾普通的吳郭魚大小。

郭耀諾化作的吳郭魚也縮小軀體，成為正常的吳郭魚大小。

吳米妮化作的吳郭魚也縮成了一尾海吳郭魚般的尺寸。

三尾吳郭魚直是在夕陽下，彷彿是真的吳郭魚般，跳動在甲板上，他們越跳越濺出奇異的七彩光點，只見老婆婆趕緊用鼻子一吸，然後又深怕被什麼人瞧見般。

老婆婆趕緊制止自己貪婪的嘴臉，然後對溪流說：「魚王啊，請接受這三份禮物，他們是很特別的獵物，一定能幫助您恢復法力。」

老婆婆說完，就朝那三尾吳郭魚一揮，郭耀諾他們就咚，咚，咚，依序躍入溪流中。

而他們身上那遺留在甲板的奇異光點，再度誘使老婆婆張開大嘴，毫不客氣便一口吞下所有奇異的光點和泡泡。

「還真是美味。」老婆婆舔了舔自己的嘴唇，然後繼續說著：「要是我的寶貝也能親自來執行這個任務，就能夠嚐到如此新鮮美味的『魚』，那他的病一定很快就會好起來。」

老婆婆開始划起屋船，慢慢把三尾吳郭魚趕向溪海交界處，她一邊搖起櫓，一邊思索著：什麼時候魚王才會把如此美味的魚賞給我呢？我也想吃吃看那些「特別吳郭魚」的滋味，那些普通的吳郭魚已經無法使我的寶貝孫子病情好轉……我漸漸年老了，萬一我要是死了，我的寶貝孫子該怎麼辦？我也想要延年益壽，就像魚王那樣……。

老婆婆的喃喃聲實在是太吵了，海邊有一群烏魚精開始躁動不安。

那群烏魚精早就被連日來的地震擾得精神錯亂，牠們還以為海邊仍有許多漁夫等著要捕食牠們。

「我們一定要讓他們好看。」

「要讓那些自私的人類得到教訓才行。」

「我們烏魚已經越來越少，他們人類還不放過我們。」

「他們剛抓走了——」

「咦，他們人類抓走了誰？」

「我阿姨啊。」

「你阿姨不是已經過世好幾百年了。」

「是嗎？那現在是……」

「我們死掉了嗎？」

「不是吧。」

「那我們不在自己的世界，又為什麼會出現在這裡？」

「我們為什麼會聽見人類在說話，這裡是人類的世界？」

「我們不是早就已經脫離人類的世界？」

「難道是地震影響？」

「最近為什麼常常地震？」

「媽祖娘娘是不是要開始懲罰人類了？」

「媽祖娘娘為什麼要懲罰人類？」

「因為人類想要把我們都吃掉……」

「全都是好幾百年前的事了……當年，我們為了報復人類，還偷偷帶走人類的小孩。」

「那時，是媽祖娘娘叫我們不能冤冤相報。」

「媽祖娘娘也教導人類捕撈我們要適可而止。」

「媽祖娘娘不是還把我們安置在一個安全的海域……」

「那裡已經不再安全了。」

「海水已經變得又燙又臭。」

「好像是汙染引起的，我就被塑膠垃圾打中過好多次。」

「那些塑膠垃圾入侵我們的家園，所以我們離開了。」

「因此才來到人類的世界？」

「怎麼可能！我們在妖怪的世界活得好好的，根本就沒有穿越通道，怎麼會跑進人類的世界。」

「人類世界的垃圾都跑進妖怪的世界了，還有什麼不可能。」

「難道是因為地震？」

烏魚精們一言一語談論著海邊的情況，直至老婆婆的喃喃聲和搖槳聲再度打斷烏魚精們。

「那是誰？」

「是人類的老婆婆。」

「她在做什麼？」

「好像是在說想吃吳郭魚吧。」

「哪裡有吳郭魚？」

「她船下有三尾吳郭魚。」

「她想吃魚就該撒網捕魚，為什麼要如此哀怨看著那三尾魚呢？」

其中一名最年長的烏魚精，牠緩緩游出眾烏魚精的範圍，獨自靠近屋船，然後又急忙游回同伴行列。

「老大爺，您怎麼了，為何如此驚訝？」年輕的烏魚精們紛紛問道。

「那，那，那是人類啊，是人類變成的吳郭魚。」老大爺烏魚精顫抖說著。

「什麼？」年輕的烏魚精們各個面面相覷。

「是中了魔法。」老大爺烏魚精說。

「那該怎麼辦呢？」

「我們不能見死不救。」

「對，媽祖娘娘說過，萬物都要存善心，世界就會和諧。」

「人類就是因為對環境存了惡心，才會導致那麼多污染，我看他們是惡有惡報，不救他們也罷。」

「不行，我們得救那三尾吳郭魚，這樣我們才能告訴他們，請他們轉達他們的人類同胞，勿再製造汙染，以免害人害己。」

烏魚精們討論過後，決定出面救下變成吳郭魚的郭耀諾三人。

只見，老婆婆邊划船邊唱哀怨的歌，忽然，她停下搖槳的動作，然後對船下的三尾吳郭魚說：「往南邊游，你們就會到達你們想去的那個世界了。」

老婆婆說完，把那三尾吳郭魚一趕進海裡，便轉身又開始划起屋船，慢慢遠離海邊，朝溪流的上游前進。

烏魚精們一直等到老婆婆划著船遠離海邊，烏魚精們才出手相救。他們先是派年輕的烏魚精去攔下變成吳郭魚的郭耀諾三人，然後又派出更多烏魚將那三尾吳郭魚團團圍住，接著三尾吳郭魚被導引，緩緩往岸邊的方向游去。

那是平靜無波的海邊，沒有其他生物，就只有一群烏魚精待在白色巨大礁岩旁，礁岩下則有其他石子全呈現晶瑩剔透狀，還有許多彩色的泡泡和光點也散佈在那樣的沿海。

失去自我意識的郭耀諾他們，緩緩恢復起了意識。

最年長的老大爺烏魚精開口問道：「你們是誰？為什麼會變成魚呢？」

施子瑜一聽，他急忙想看看自己，卻怎麼也看不見自己，但他看見了四周的景象，那裡佈滿一群會說話的烏魚，還有兩尾吳郭魚。

其中一尾吳郭魚發出郭耀諾的聲音，他啵啵啵喊道：「放我們出去。」

「怎麼放？」老大爺烏魚精問。

施子瑜這才意識到，他們三人一定是穿上了會變成魚的銀色連身衣。

「把衣服脫掉。」施子瑜啵啵啵回答。

「怎麼脫？」老大爺烏魚精問。

「要回到岸上。」施子瑜啵啵啵答道。

「沿著紅樹林的溪流走，你們就可以上岸。」老大爺烏魚精說。

烏魚精們紛紛跟郭耀諾他們道別。

「沿著紅樹林走，你們就能回家了。」

「還好有紅樹林，要是你們把環境都破壞殆盡，你們就回不了家了。」

「記住，年輕人，要保護環境，要愛護大自然。」

施子瑜連忙再三向烏魚精們道謝後，趕緊領著驚慌失措的郭耀諾和迷迷糊糊的吳米妮往岸邊游去。

第十四章　泥火山傳奇

「魚王，享受完美味的吳郭魚之後，請救救我的孫子吧。」

划著屋船的灰色斗篷老婆婆似乎恢復了點記憶，她邊喊邊划著船，突然返回溪流將出海的地帶。

「妳知道自己做了什麼事嗎？」

那聲音由遠而近，轟隆隆就像山洪爆發。

划著屋船的灰色斗篷老婆婆回頭一望，她看見海邊的方向似乎有一座山隆起般，那座山還會移動，而且越動越快。那座山所到之處，都有許多魚兒跟著紛紛躍起。一見到魚，老婆婆完全失控，她趕緊划著船，想要去捕捉那些魚。

那座由海邊移動至溪裡的山，驟然就擋在老婆婆的面前。那是一座布滿紅花紅葉般的山，那座山有大半的地域都是白雪一片，然後有幾窪幽暗的池塘就點綴在那些紅花紅葉間。

老婆婆只看見那座山後頭那些活蹦亂跳的魚，她因此氣憤說著：「快滾開！」

那座山瞬間開始抬升，溪水也快速地往山的兩旁退去。

老婆婆還是心心念念著魚兒，她不斷氣憤喊道：「快離開，速速退散……唉呀，我的魚，我的魚……」

「那是我給妳的能力。」那座突然出現在溪谷裡的山，越抬升越高，還露出兩隻好大的眼睛直盯著老婆婆。

老婆婆不知怎麼雙腿一軟，便全身無力。

那座山又朝老婆婆吼了一聲。

老婆婆立刻清醒了過來，她怔怔看著眼前的那座山丘，然後迅速低頭，說道：「魚王啊，請不要生氣，難道是那三個孩子太難吃了嗎？」

那座山瞬間抖動了起來，露出了雙鰭，還搖動了尾鰭，原來那是一尾巨大的鯉魚精。

鯉魚精面露憤怒，牠朝老婆婆噴了好大的一口氣，「瞧瞧，妳做的那些好事！」

「那三個小孩不美味嗎？」老婆婆一想到郭耀諾那三尾吳郭魚不自覺又吞起口水。

「我只要憤怒的人類！」鯉魚精大吼。

「我在他們三個都顯得很憤怒的時候，才讓他們變成吳郭魚的。」老婆婆戰戰兢兢回應。

「我要更多憤怒的人類，最好他們全都失去理智。」鯉魚精又是一吼。

老婆婆思索後，說道：「那樣會比較美味嗎？」

「不。」鯉魚精瞪大眼睛，以巨大的頭顱靠向站在甲板上的老婆婆，然後又朝老婆婆噴了好大一口氣，「是死得比較快。」

「喔，偉大的魚王，只要您一咬，他們不就都會死掉嗎？」老婆婆一臉困惑。

「他們本來就應該要死掉。」鯉魚精瞪大眼睛又說。

老婆婆喃喃說著：「當然啊，他們不死掉要怎麼吃呢？無論是煮魚湯，蒸魚，還是炸魚和烤魚，他們都是先死掉的啊。」

鯉魚精又對老婆婆噴出一大口氣，然後說著：「妳的動作太慢了。」

老婆婆一聽，趕緊恭敬低頭說道：「我必須要找到更多純真又擁有特殊能力的人類給您吃才行。」

「已經不需要了。」鯉魚精說。

「您已經恢復元氣了嗎？」

老婆婆問完，她似乎回憶起，自己是十年前，還是更久之前……她自己是如何在海邊打工收蚵仔，然後不慎被浪捲走，卻被鯉魚精送回岸邊的那些事……她記得，當時的鯉魚精很虛弱，就跟一尾普通的百歲鯉魚一般大……那時，鯉魚精說自己剛甦醒，需要獵物來恢復元氣……鯉魚精還幫助老婆婆每天都捕到許多魚，從此她便不需要到海邊打工收蚵仔，就能在家附近照顧好她那個生病的可憐孫子。

「全都不需要了，我只需要那些人類付出代價。」鯉魚精怒吼。

老婆婆茫然從回憶中，漸漸醒來……她看著眼前那年年越長越大的鯉魚，她突然心生貪念。

「魚王啊，如果復仇是您的目的，那就交給我來做吧。您把您所有的法力都給我，我一定會讓那些人類全都葬身大海。」

「妳說什麼！」鯉魚精震怒。

老婆婆的眼神卻越發貪婪。

「魚王啊，我只有微薄的要求，就是以您的法力拯救我的孫子，等我孫子病好了，我就會代替您去懲罰那些害死您丈夫的人類。」

那鯉魚精越聽越生氣，因此顯得更加躁動不安……突然間，又地震了。

溪流像是一盆水開始搖晃，郭耀諾、施子瑜和吳米妮頃刻間被盪來盪去，隨著地震由地底越來越擴散到地面，溪流的水晃動的幅度也變大，嘩的一聲，就把郭耀諾、施子瑜和吳米妮三尾吳郭魚都甩向了上游的方向，直打在了離海邊不遠處溪流裡的巨大鯉魚精尾鰭。

鯉魚精被不明物體一一打中尾鰭，這下顯得更加生氣，牠開始劇烈搖動身體，因此把郭耀諾三尾吳郭魚都甩上了老婆婆所划的屋船甲板上。

老婆婆一看見他們三尾吳郭魚那身上奇異的七彩泡泡和光點，頓時就失去了自制力，她抓起吳米妮吳郭魚就要一口咬下。

鯉魚精見狀，趕緊用雙鰭拍打屋船，使得三尾吳郭魚由屋船，又落回鯉魚精的背上。

穿著灰色斗篷的老婆婆全然失控，她扯下自己的斗篷，從懷裡拿出一把殺魚刀，便從屋船跳上了鯉魚精的背部。

鯉魚精大吃一驚，「妳不是被我收走了法力，怎麼還有體力可以跳得那麼高？」

老婆婆彷彿是被眼前的美食所迷惑，她什麼都聽不見，直拿起殺魚刀就往鯉魚精的背上爬。

鯉魚精只好將身子一扭，把老婆婆重重摔回屋船上。

郭耀諾三尾吳郭魚也跟著被甩落，全都一一落入溪水中。

「您不吃，就給我吃好不好？」老婆婆邊流口水邊喃喃說著：「我一定要活下去，我才能照顧我那可憐的寶貝孫子。」

鯉魚精一看見那把亮閃閃的魚刀，一時間也亂了分寸，牠只能運用法術讓時

空暫時停住。

瞬間，水花凝滯在空中，老婆婆也停止了爬向鯉魚精的動作，落水的郭耀諾吳郭魚在溪水裡露出半顆頭後便一動也不動，吳米妮也躺在靜止的水流中，只有飛越在空中的施子瑜不知怎麼回事，牠動了，並且摔落在巨大鯉魚精的雙眼間。

「你是什麼東西？」鯉魚精問。

「我是人類。」施子瑜答。

鯉魚精怔住了，「我知道你是人類，但你為什麼不受我法力的控制。」

「我不知道。」施子瑜吳郭魚搖搖頭說：「我爸說過，不能輕易相信別人的話。」

「我不是普通的人類，我可是赫赫有名萬丹泥火山的千年鯉魚精。」

「原來如此。」施子瑜開始慢慢在巨大鯉魚精身上跳來跳去，「那妳來這裡做什麼呢？」

「這裡不是萬丹嗎？」鯉魚精問。

施子瑜搖搖頭，「這裡是高雄。」

鯉魚精又怔住，「高雄是什麼地方？」

「在萬丹的北邊。」施子瑜答。

「我游錯地方了？」鯉魚精看看四周，然後問道：「這裡有泥火山嗎？」

「有，養女湖那邊有泥火山。」施子瑜回應。

「那高雄和萬丹有連在一起嗎？」鯉魚精又問。

施子瑜點頭，「有連在一起。」

鯉魚精開始大笑，哈哈哈說著：「那我還是可以報仇。只要引爆這裡的泥火山，相信萬丹的泥火山也會跟著噴發，只要火山全部都噴發，真龍就會出現。我相信真龍可以救我的丈夫，我丈夫被困在泥火山已有好幾百年。」

「不可能的。」施子瑜說。

「為什麼不可能？」

鯉魚精問完，郭耀諾吳郭魚也開始動了動尾鰭，他慢慢鑽出凝滯的溪流，然後跳上那些停在半空中的水花，就像爬樓梯般，慢慢跳上了鯉魚精的頭部。

「我知道為什麼。因為公鯉魚精早就死了，就死在泥火山下，人死是不能復生的。不對，不對，是魚死不能復生。」

鯉魚精大為震怒，「你胡說什麼！」

「我也覺得郭耀諾說得有道理。妳看過真龍嗎？」施子瑜問起鯉魚精。

鯉魚精無法回答。

「我知道那個傳說故事。」郭耀諾開始啵啵啵說起，他從他阿公那邊聽來的傳說。

「萬丹的鯉魚山原本有兩尾鯉魚精，一尾公的，一尾母的。鯉魚精們想要讓鯉魚山變得像大武山那般高峻雄偉，所以只好讓泥火山不停噴發，屆時，真龍天子便能誕生在群山最高的鯉魚山中，以召喚真龍從天而降，去幫助鯉魚精們全成為神仙。」

「神仙？」施子瑜朝鯉魚精的身軀望了又望，「這只是一尾發臭又腫脹的鯉魚，牠很可能是生病了，或是吃壞肚子。」

「都是你們人類害的，我原本逃往南海，最近不知道為什麼，游來游去都碰到塑膠垃圾，我也因此誤食了許多塑膠垃圾，才會氣得想要再回來，找人類復仇。」鯉魚精大怒。

「先別生氣，聽我說完。」郭耀諾繼續說道：「傳說鯉魚精們想把鯉魚山造山成皇帝殿，好孕育皇帝，讓真龍天子現身。但後來人類破壞了鯉魚山的鯉魚穴，公鯉魚精遭到泥火山的反噬，因此葬身泥火山下，母鯉魚精就此逃往南海。」

「沒錯，這是我和我丈夫的故事。」鯉魚精說。

「真龍天子從來就沒有在這座島上出現過，這座島上只有像巨大雞公蛇一般的土龍。」郭耀諾說。

「什麼土龍，我沒聽過。」鯉魚精說。

「也許雞公蛇就是土龍，他們的頭上都長有奇怪的角，卻不像真龍會飛在天上。」郭耀諾說。

「反正我只想見真龍一面。真龍天子是能呼喚真龍的人，真龍是上古神獸，只要我把鯉魚山變得跟大武山一樣高大，真龍就會從天而降。」鯉魚精說道。

「鯉魚山都不見了。」郭耀諾說。

「什麼？」鯉魚精一臉詫異。

「山上的土壤都被人類拿去燒製成紅磚，已經看不見鯉魚山了。」

原本躺在溪流中的吳米妮也逕自脫困，慢慢爬上鯉魚精的頭部，然後繼續說道：「天呀，這是什麼東西！這一切都是幻覺，一定是幻覺！」

「這不可能是幻覺，我的丈夫死了，我要召喚真龍，我還要找人類報仇！」鯉魚精激動說道。

「我不相信有會飛翔的龍，我也不相信妳就是鯉魚精。」吳米妮說。

「那我是什麼？」鯉魚精問。

「很可能是一場夢，我們也許都在郭耀諾的夢中。」

吳米妮說完，施子瑜一臉訝異。

「別那樣看我。」吳米妮繼續說道：「我根本不認識那些鬼怪，所以只有知道鬼怪故事的郭耀諾，才會造出這樣一個夢。」

「這裡是夢？」施子瑜難以置信。

吳米妮則對郭耀諾說：「郭耀諾，你應該知道對付這尾鯉魚精的辦法吧？」

「不，這不可能是夢。」鯉魚精吼完，她開始往溪流吹起泡泡，也往山林土壤吹起泡泡，那些巨大的泡泡越來越滾燙，直從溪谷往山林四處亂竄。

施子瑜見狀，趕緊轉頭向郭耀諾說：「別發呆了，你快想想辦法。」

第十五章　魚肉的滋味

母鯉魚精為什麼會回來？茫然的郭耀諾心想。

如果我一直想念我阿公，難道我阿公就會回來嗎？恐怕只有做夢，才辦得到吧。郭耀諾邊想邊搖搖頭。

「我阿公沒有回來，這一定不是夢。」郭耀諾說完，面露同情的目光望著母鯉魚精說道：「您一定很想念公鯉魚精，所以才會回來的吧。」

母鯉魚精頓時冷靜了下來，「你知道我丈夫在哪裡嗎？」

「公鯉魚精去的地方，也許跟我阿公去的地方是一樣的。」郭耀諾說。

「那是哪裡？」母鯉魚精趕緊問。

「是我們沒辦法去的地方。」郭耀諾答。

「為什麼？」母鯉魚精搖晃起雙鰭，激動問道。

「因為我們都還活著。」

郭耀諾回答完，吳米妮轉動自己的魚頭，看看施子瑜、郭耀諾和眼前巨大的鯉魚精。

她啵啵啵說著：「這不是夢，我們也還活著，那這裡又是哪裡呢？」

「是妖怪的世界，就像四度空間一般。」施子瑜用魚眼努力觀察他左右兩邊的世界，然後又說著：「可能是四度空間到三度空間的通道被打開，讓原本像我們現在左眼和右眼看到的兩個各自空間，突然連在一塊。」

母鯉魚精對著天空發出一聲巨響，然後說道：「我真的很想見我丈夫一面。」

「活著的，是不能去死掉的那一個世界。」郭耀諾說。

「但是我已經從南海又回到這座島上了。」母鯉魚精說。

「會再分開的。就像日本故事裡的浦島太郎去龍宮玩了幾百年後，終究還是得離開龍宮，回到自己的世界去。」郭耀諾說。

忽然間，有一個人影悄悄爬上了母鯉魚精的背。瞬間，亮光一閃，白亮亮的刀子被人影從懷裡抽出後，就直直往鯉魚精的背上，大力插了下去。

頓時，母鯉魚精的背上湧出血的噴泉，郭耀諾他們全嚇壞了。

那人影大喊：「讓我吃一口魚王的肉吧。吃了那樣的魚肉，我就能長命千歲，我一定要救我的孫子。」

母鯉魚精痛得仰首一陣怒吼，接著口中唸唸有詞，開始抖動受傷的身軀。

那刺了母鯉魚精一刀的人影因此被抖落。

郭耀諾一看，原來那人影竟是不知何時脫困的，那穿著灰色斗篷的老婆婆。

母鯉魚精再度怒吼一聲，那老婆婆轉瞬間就變成一尾吳郭魚，直由半空中滾落溪裡。

溪水流得很急，一下子就把變成普通大小吳郭魚的老婆婆給沖走。

郭耀諾他們全都嚇壞了。

而母鯉魚精那原本隆起如山的背部，隨著血越流越多，也漸漸凹陷了下去。

母鯉魚精在縮小，原本趴在母鯉魚精頭部的吳米妮、郭耀諾和施子瑜也跟著隨之滾落溪裡。

吳米妮大喊：「救命！」

她還用力揮舞雙手，這才發現她自己不知何時已經變回人類。

不只是吳米妮，郭耀諾和施子瑜也變回人類了。

岸。

施子瑜見吳米妮不會游泳，他趕緊從吳米妮背後環住她，然後奮力一起游上岸。

先游到岸邊的郭耀諾也幫忙施子瑜，他們一起把吳米妮救上岸。

還沒等郭耀諾三人弄清楚他們是怎麼變回人類的，眼前，溪裡的巨大母鯉魚精原本龐大如山的身軀竟像氣球般，開始慢慢消氣，而且越縮越小。郭耀諾他們趕緊往溪裡看，只見母鯉魚精又變回一尾正常的百歲鯉魚般大小。母鯉魚精還微微抬頭啵啵啵，但是郭耀諾他們卻已經聽不懂母鯉魚精在說什麼了。

變成普通鯉魚大小的母鯉魚精，就那麼隨著水流游走了。

「鯉魚精變回原本的模樣了。」郭耀諾悵然面對著，頃刻間什麼都沒有的溪流。

「我們還是趕快找出回家的路吧。」吳米妮焦急說著。

郭耀諾他們三人於是順著水流一直走一直走，驀地發現溪邊有一群人。

吳米妮見狀，打算求救。

施子瑜則對吳米妮搖頭，「我們得確定他們不是壞人。」

「或者不是妖怪。」郭耀諾說道。

為了安全起見，郭耀諾他們三人便安安靜靜蹲在芒草叢中，透過草堆的縫隙，他們看見那群高中生們正開開心心在溪邊，一邊聊天一邊釣魚。

突然間，有一個高中生大喊：「釣到了，釣到了，自從十幾年前這條溪開始汙染之後，已經很久沒有看見吳郭魚了。」

那群高中生們很是興奮，他們有的架起烤架，有的撕鋁箔紙，有的正在清洗剛被釣起的吳郭魚……他們一邊笑一邊生火，然後慢慢把那尾剛釣上來的吳郭魚包進鋁箔紙，接著他們把吳郭魚放上了烤架，他們還說著。

「這條溪為什麼會突然變得如此清澈？」

「可能是連日來的地震。」

「為什麼最近地震會那麼多呢？」

「誰知道！」

「有人說是下雨的緣故，因為土石鬆動，造成區域性的小型地震。」

「奇怪，以前下雨就不會地震，為什麼現在一下雨就地震呢？」

「以前又沒有土石流，現在卻有土石流啊。」

「也對，以前山上還有許多樹，現在的山都光禿禿了。」

那群高中生們邊說邊笑，他們還一同望向那尾被鋁箔紙包起來的吳郭魚說：

「應該烤好了。」

他們其中一人緩緩站起，從烤架上拿起熱騰騰的吳郭魚，然後輕輕撕開了鋁箔紙，其他人則全部拿著筷子，準備要吃那尾吳郭魚。

突然間，那尾吳郭魚說話了。

「魚肉好吃否？」

眾人一聽，立刻嚇得魂飛魄散，全都逃之夭夭。

郭耀諾他們三人也好奇，湊近去瞧。這一看，不得了，那被鋁箔紙撕掉魚皮的魚肉，竟然浮現出那位穿著灰色斗篷老婆婆的臉。

啵，啵，啵。

「魚肉好吃否？」那尾由貪心想吃鯉魚精肉老婆婆所變成的吳郭魚，嚥下了最後一口氣，便一動也不動躺在烤網上。

「她死了。」吳米妮說。

「她沒有變回人類。」郭耀諾說。

「我們把她埋葬了吧。」施子瑜說完，小心翼翼捧起烤網。

郭耀諾則趕緊在岸邊尋了一處地點後，便用石頭挖出一個土坑。

施子瑜把那尾老婆婆變成的吳郭魚屍體放入了土坑，郭耀諾和吳米妮也幫忙，將那尾老婆婆吳郭魚埋葬在溪邊。

突然一陣濃霧出現，等到郭耀諾三人從溪邊回過神後，他們發現眼前又是黃昏時分，就跟他們在溪邊釣到會咳嗽的吳郭魚那天，幾乎是一樣的日落景象。

施子瑜突然想起，「我想，我應該認識那位老婆婆，她原本在我家附近拾荒，她有一個臥病在床的孫子，不過她孫子在幾年前過世了，她也跟著失蹤了。」

「聽你這麼說，我也有印象，我記得我小時候還曾經撿過一袋寶特瓶送給那位老婆婆。」郭耀諾說道。

吳米妮似乎也對兩位同學口中的那位老婆婆有些印象，「如果我們可以早點認識她，如果我們可以幫助她送她那個生病的孫子去就醫，是不是她就不會死掉了？」

吳米妮似乎又想起了些什麼，她轉頭望向施子瑜說：「嘿，施子瑜，我想我們應該已經是好朋友了。既然我們是朋友，我就更不能看見你變成吳郭魚婆婆那樣。所以請你答應，讓社會局送你媽媽去就醫，好嗎？」

施子瑜頓時紅了眼眶。

「你也接受社會局的安置好嗎？你放心，我和吳米妮都會幫助你，我們也會請你家的左鄰右舍協助，我相信你爸爸若是回家了，他一定能找到你和你媽媽。」郭耀諾說。

施子瑜終於答應接受協助。

夕陽西下，變成好朋友的郭耀諾三人，忽然發現他們站立的溪邊，正是學校附近那條像臭水溝一樣的溪流。

「好漂亮喔。」吳米妮說。

「原來這條溪是這麼的美麗。」郭耀諾說道。

「順著這條溪，我相信，這次，我們一定可以回家了。」施子瑜點點頭說著。

吳米妮不禁又回想起之前的遭遇而問道：「不過，這到底是怎麼一回事呢？」

「不知道。」施子瑜回應。

「無論如何，我終於見到我阿公說過的妖怪了。」郭耀諾滿心歡喜，繼續說道：「我想，也許是我阿公的安排，這樣我就能夠沒有遺憾跟我阿公說再見了，雖然我還是很想念他。」

「嘿，朋友，你還會生氣你爸媽老是不在家嗎？」施子瑜問。

「不生氣了，能夠回到自己的家，這感覺真好。」郭耀諾微笑回答。

吳米妮也微笑說著：「也許，有一天我會找到我媽媽，或者她也會來找我，但在那之前，我想要在我家好好陪我阿嬤。」

施子瑜也跟著笑了笑，他面對出海口的方向，在心底默默跟他爸爸說：「爸爸，我要回家了，你什麼時候才會回家……」

郭耀諾三人紛紛返家，雖然他們並不知道究竟發生了什麼事。但就像雨天一樣，雨總有會停的一天，然後再度落下。

很久、很久以前，岡山是一座巨大的珊瑚礁群。在那些珊瑚礁群中，曾居住過許許多多的魚類，後來陸地抬升，海水遠遠離開那些珊瑚礁群，珊瑚礁最終成爲陸地上的山丘，至於珊瑚礁裡的魚兒們最終哪兒去了？或許，魚仍然躲在那些巨大珊瑚礁丘嶺的深處，試著和人類共存。

妖怪可以很奇幻，溪流不能不美麗
——科幻盡頭的奇幻，《吳郭魚婆婆》的新創意

著名小說家　黃海

妖怪、靈獸、殭屍、巫術、附身、輪迴、鬼魂、魔神、靈媒……存在於科學極目的無盡遠端之處，不在現實視野裡，原本屬於神話、鄉野奇譚、怪談誌異，也是魔幻與奇幻文學的超現實領域的想像產物，偶爾會與現實層面有著約約的交會，尤其當它以新聞呈於現實時，更見渲染性。比如登山客經歷不可思議的遭遇，或是警方辦案受到感應以至破案，諸多言之鑿鑿的神祕體驗，令人匪夷所思。

台灣近年發生的紅衣小女孩、吳郭魚婆婆等事件，可說是驚悚人心的異象或

妖怪事件，媒體廣為報導，也拍成電影。無法置信，又無法半信半疑，卻又留下可供談論的影像證據。很明顯的，由於科學與科幻的盡頭，超越於科學幻想的另一層次，屬於奇幻的領域。

超自然故事中的瀕死經驗、前世記憶，早已進入研究領域，至於不同級別的鬼魂事件，更增加它的神祕性。愛因斯坦對於無法解釋的事件講了公道話：「超自然是我們未了解的自然。」我以為，用物質世界的工具去測量非物質世界，只能否認它的存在。當我們尋找真理時，有如撒網捕捉東西，是否考慮到濾網孔洞大小問題，以至無法捕捉真正的實相。好在有些物理學者已經了解到，唯物科學的不足，認為任何以當代物理學探索實相的的理論，必須納入意識。鬧鬼事件在超心理學上解釋與人類集體潛意識有關。科學家也曾經實驗過製造一個假想的鬼，還能在降靈時以敲擊聲回答問題。這些都屬於現實的唯物科學以外的事物，異象與神祕體驗，本來就難以科學驗證。

2.

《吳郭魚婆婆》作為一本具有企圖心、充滿文學想像與生態環保思維的奇幻作品，可以看得出作者跳舞鯨魚（蔚宇蘅）的寫作動念，取材於吳郭魚婆婆事件，沿著少年人冒險和好奇心的軌跡探索追尋，以小說童話的筆觸，結合南台灣怪奇有趣的民情風物傳說、神話，獨具匠心創造了一部生態環境與妖怪的奇幻文學，在妖氣浪漫中有著嚴肅的主題：人類垃圾跑到妖怪世界，受不了污染的妖怪向人類復仇，又給予了寬容，正如媽祖娘娘說：萬物心存善念，世界才會和諧。

台灣文學一向以主流文學為風尚，類此具有廣度和深度的奇幻妖怪文學，容易被忽略。好在，到今天為止主流文學也已漸見無力，其他文學形式更有機會取得創意空間，這本書就是一個範例。

故事從南台灣學校的一條污染嚴重的臭水溝展開，這兒不見魚兒也不見青蛙昆蟲的蹤跡，過去曾發現有海膽、螃蟹、貝類等化石，主角郭耀諾的阿公說的會吃螞蟻的穿山甲，叫聲像山羊的鹿群，如今只能在阿公留給他的古書冊找到記錄，筆鋒一轉，隨即進入主角與兩位少年朋友的妖怪探索，十五歲從未入學的施子瑜（獅子魚）第一次到小六上課，有他在的地方就會出現有關魚的怪事，而傳說中的虎姑婆也在現實中出現，她的臉長得恐怖，有如密密麻麻蟲子般的皺紋，多到像老虎斑紋爬滿全臉，於是，到底有沒有昆蟲妖怪、朝鮮海域的紅　人角、拿弓箭的地底矮人、被老虎吃掉的人變成倀鬼、鬼魚、火鹿和比船還大的蛇、六龜的六隻石龜、原牛妖怪、長毛象妖怪、世界各地的人魚……琳瑯滿目、名目繁多的妖怪等不一而足，妖怪們在南台灣這兒已經幾千萬年了，見過無數怪異事物，如今竟有三個少年朋友跑來，穿上了魚衣化身成吳郭魚，還差點被吃掉。

寫到岡山各山有洞穴做為通道，會噴火的鹿就出現在半屏山，仙人把山做成饅頭，那些不知情的人一直吃，把山啃成一半，而其實半屏山是被劈成兩半的仙人所變成的山，小說的奇幻點子一個接一個，或許預留了日後做為更強大恢宏的長篇小說發展的空間。作者純熟運用了民俗傳說的素材，融入精緻設計的幻想文學；也讓現實世界三少年，生動穿梭於妖怪和神仙世界裡。

小說以絕佳的組織力和視野，串連出岡山、半屏山、柴山、鼓山、萬丹的鯉魚山、泥火山豐富多采的傳說、地名的由來和妖怪神話意象，溯及鄭成功來台帶來兩隻老虎，一隻跑到嘉義叫打貓，另一隻到高雄叫打狗，塑造成為台灣本土人文史地的奇幻。魚精們的對話，反映了海水變得又燙又臭，烏魚越來越少，人類依然不放過，塑膠垃圾入侵妖怪的世界。住在地底下的土龍、石洞裡守護黃金的老人、那些全身點綴著珠寶、神奇地發著光的山羌靈獸，引人注目，洞穴裡有如恐龍背脊的灰白世界，噴火的靈龜現身，種種情節逐漸彰顯了主題。

小說中三位主角的對白和思維，受到篇幅的限制，只能點到為止。難得的是，藉著主角之一的吳米妮發出質疑：世界上並沒妖怪，懷疑自己被催眠了。對於那尾會說話的吳郭魚，有著傳神生動的描寫：明明是魚鰭魚尾，卻像人的手腳蜷曲成側睡模樣，還發出痰音和很重的呼吸聲。當繁茂的樹禿光，下雨常見土石流，污染的溪流本來不見吳郭魚，也許連日來的地震，河水變清澈，釣到了吳郭魚，烤架上熱騰騰錫箔紙打開，高中生拿著筷子準備吃魚時，那條魚說：「魚肉好吃否？」呈現了一個鮮明的意象，而吳郭魚婆婆為何成為犧牲品，成了藏的謎題。

作者如果立意改寫成長篇小說，將之添枝加葉，加上對台灣本土風物的嫻熟認知，塑造新情節，光是昆蟲妖怪這一概念，就足夠揮灑成為創意十足的奇幻小說，朝《哈利波特》或《魔戒》的方向挑戰。尼爾・蓋曼的《美國眾神》不正是以各類神仙出現在美國社會，反映國家當代民情的經典小說。科幻小說容易在科學進步的過程中隨著時間褪色甚至過時，奇幻小說反而可以歷久彌新。科幻作品創意有其窮盡時，常見加添許多奇幻元素在內，有名的電影《變形金剛》、《復仇者聯盟》等也不例外。

有一句流行甚廣的說法：「科學的盡頭是神學。」而且被錯放在愛因斯坦嘴裡，說是愛因斯坦說的。傳神的描述是：當科學家千辛萬苦攀登尋找真理的高峰，到達山頂時，神學家早已在那兒等著。

如今，已是二十一世紀AI時代，機器人、自動駕駛、無人飛行機送貨或執行軍事任務，已經來到我們的世界，如果是罪犯想要藉著整裝易容換髮來　藏自己已經不可能，電腦大數據會根據你走路的和動作的樣子，在人群中輕易辨識出你。著名的科學家、谷歌工程總監庫滋威爾（Raymond Kurzweil）預言未來達到技術的奇點，人類將在2045年藉著奈米科技發展，人體內部和血管配備著數百萬種粒狀細胞的微型機器人，隨時修護保衛人體，以達成永生；屆時，人類也成了生物與非生物的混合體，以今日眼光來看，如果庫滋威爾的說法成真，到時候無疑產生數不清的不同以往的精怪，或被諷為妖怪。

不管永生是否可行，在科學飛速進步的衝擊下，人的所思所想和所做所為，使用科學的哈哈鏡來照照看，世界變得奇形怪狀是一定的，古來的妖魔、鬼怪、神仙、靈獸，是否也可以當一種反諷式的存在？或者他們就一直　藏於人的意識底層，在科學的極致發展奔放時代爆發出來，帶給的人巨大改變。

也許可以這麼說：科學的盡頭神學，科幻的盡頭奇幻；那麼，妖怪可以很奇幻，溪流不能不美麗。

吳郭魚婆婆最後的死，象徵了她為環保殉難，她的原身是個拾荒老人。作者如果能重寫為長篇小說，在這一點上銳意經營，會是一部具深厚內涵的奇幻小說。

吳郭魚婆婆妖怪研究

撰文 跳舞鯨魚
繪圖 伍迺儀

◎妖怪是什麼？

妖怪源於對超自然現象的解釋，傳說大部分來自動物修練成人形，並在某地顯現，則被稱為妖怪。種類包括：沒有形體的煞氣、動物化身的精怪、鬼魂、奇人、神仙、怪物和風雨雷電等自然現象的聯想。

◎妖怪的出處：

妖怪來自古老的先祖記憶，有些為人類想像，有些為對未知力量的解釋。妖怪最初的功用在於天候示警和預測災難，隨著妖怪種類越來越多，逐漸成為恐怖駭人的傳奇。妖怪的故事通常來自民間傳說和地方傳聞，後被記載於文學作品，例如：《山海經》和唐宋時期的筆記小說等。台灣妖怪則出自民間故事、原住民傳說和奇聞軼事，曾於日本時代被刊登在台灣日日新報，此外散見於《裨海記遊》、《臺陽見聞錄》、《台灣風俗誌》、《民俗台灣》、《台灣民間故事》、《台灣府志》和各縣誌與西方人的遊記等等。

◎本書所描述的「會說人話的吳郭魚」，應該隸屬於人面魚的傳說，人面魚妖怪則是人魚的分支。

◎東方人魚歷史：

紅色在黑暗的深海中，是最好的保護色。一旦現身海面，就會成為突兀的妖怪，人魚化身海和尚，或是興風作浪的妖魚。人面魚中的陵魚妖被懲罰入海，曾以海嘯淹沒沿海漁村，老和尚度化陵魚妖，魚骨化為岩石，警惕人類愛護海洋資源，以避免災難降臨。

美麗的人魚，長髮，與常人無異，始於唐代的描述。

宋代出現，傳說生活在朝鮮海域的紅鬣人魚。

明朝東洋大海中，有紅赤色魚身的怪物出沒。

清朝也有紅色鱗片的海怪，雄的為海和尚，雌的為海女。海怪會迷惑船隻，致人於死地，如日本民間傳說中的磯姬。

人魚曾在台灣的近海徘徊，預告著台灣的災難。

◎日本人面魚傳說：

日本各地都有「會說話的魚」相關傳說。與海嘯有關的，會說話的人面魚故事，則分別來自八重山群島和宮古群島。其中，八重山群島的人面魚故事述說，漁夫抓住人面魚，人面魚哀求，漁夫便放走人面魚，人面魚為了報恩，則告訴漁夫海嘯來襲的時間，讓漁夫逃過一劫。而宮古群島的人面魚傳說則描述，人面魚被漁夫抓住，漁夫要烤人面魚來吃，人面魚對大海呼救，海因此派海嘯來接走人面魚。

◎本書主要傳說：

吳郭魚傳說故事傳聞發生在高雄岡山，一群人在溪邊釣魚，烤魚，其中一人撕開烤魚的鋁箔紙，突然驚見老婆婆的臉，已經烤熟的魚嘴還開開闔闔說著：「魚肉好吃否？」

◎本書妖怪列表：

(1) **紅鬣人魚：**始於中國宋代筆記《徂異志》，描述生活在朝鮮海域，會幻化為紅衣女子，為人魚一族。

(2) **地底矮人：**台灣原住民族傳說中的矮小人種，穴居，形如小兒，又稱小人、小矮人或矮黑人。

(3) **虎姑婆：**台灣民間故事，傳說有老虎精會化作老婆婆的樣貌，在夜裡偷偷吃掉小孩。

(4) **倀鬼**：源自宋朝《太平廣記》，描述被老虎吃掉的人，死後所變成的鬼魂，會幫助老虎作惡。

(5) **貓頭鷹**：台灣原住民傳說由女子所變成的貓頭鷹，為嬰兒的守護者。

(6) **石燕**：源於《台灣風俗誌》，一種比山還大的燕子，棲息在島嶼深山中，一起飛就會引起大風。

(7) **雷鳥**：源於《台灣風俗誌》，又稱雷公鳥，棲於高山大樹下，會造雷雲，引發雷鳴。

(8) **一角獸**：出自《利邦上尉東印度航海歷險記》，描述生活在台灣高山的奇幻動物，生有一角，能預警地震和風災。

(9) **比船艦還大的蛇**：《海東札記》記錄，船隻行過澎湖，經黑水溝，會有長數丈還帶有花紋的怪蛇出沒。

(10) **鬼**：先秦時期，指出人死後為「歸」，「歸」的名稱

在佛教傳入後，改稱為鬼，指鬼魂，又稱幽靈。

⑾ **番婆鬼**：又稱薩摩亞，為南投埔里巴宰族傳說中的巫婆，會在黑夜透過貓眼，騎蕉葉飛行。

⑿ **陵魚**：《山海經・海內北經》記載，人面、手足、魚身，在海中。

⒀ **盧亭**：源於東晉傳說，為人魚的分支，長相似人，面目黝黑，生黃目，頭髮短而焦黃。

⒁ **人面魚**：源於《宮古島舊記》，描述漁夫釣起會說話的人面魚，還想烤人面魚來吃，鄰居的孩子趕緊要大家到高地避難，沒多久，海裡傳出尋找人面魚的聲音，人面魚回應後，便引發海嘯襲擊島嶼。

⒂ **高雄殭屍**：高雄五塊厝曾有殭屍傳聞。

⒃ **九命怪貓**：中國民間傳說故事，言貓有九命。

⒄ **鬼媽媽**：源於棺中產子的民間故事，已經

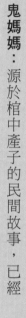

死去的母親，靈魂爬出棺材，四處以紙錢購買食物，餵飽棺材中的嬰兒。

(18) **火鹿：**《臺陽見聞錄》記載，半屏山上有麞，鳴啼則大火。

(19) **山羌山神：**高雄山林傳說有老山羌會化為山林的守護神。

(20) **半屏山仙人：**台灣民間故事，曾有半屏山與其他山比高度的故事。

(21) **二仙爭一女：**出自《傳說高雄・尋找半屏山的「另一半」》的故事，老仙翁和年輕仙人爭取美女的過程中，老仙翁把年輕仙人劈成兩半，兩名仙人後被天神處罰，貶為山岳。

(22) **半屏山師徒：**出自《麗島搜異》中的半屏山傳說。故事描述仙人以土石變湯圓試人心，最後找到正直的徒弟。

(23) **蛇郎君：**始於東亞地區傳說，人蛇相戀的故事。

(24) **曹公鬥土龍：**民間傳說曹謹為開曹公圳，半夜聽到土龍母子的對話，才排除萬難，成功鑿圳。

(25) **布農族射日傳說：**故事描述天空原本有兩個太陽，其中一個被勇士射中一隻眼睛的太陽，最後變成月亮，世界從此才有了日夜的分別。

(26) **柴山寶藏**：有埋金山之稱的柴山，古來就有海盜埋寶藏的傳說。

(27) **靈龜**：傳說六龜有噴火靈龜出沒。

(28) **烏魚精**：高雄旗津傳奇故事，烏魚因人類濫捕而決心復仇，幸而有媽祖主持公道，還給旗津平安。

(29) **鯉魚精**：地方傳說，萬丹鯉魚山會出皇帝，後來鯉魚穴遭到破壞，鯉魚山誕生真龍天子皇帝的傳言也隨之消失，

(30) **雞公蛇**：民間傳說高雄燕巢雞冠山為雞公蛇變成的。

(31) **真龍**：起源上古時期，生有鹿角、馬臉、兔眼、牛耳、虎掌、鷹爪、蛇身、蜃腹和魚鱗的神獸。

國家圖書館出版品預行編目資料

怪談系列2：吳郭魚婆婆 / 跳舞鯨魚作；本大麟繪； --
臺中市：晨星, 2019.08

面；　公分.--（蘋果文庫；122）

ISBN 978-986-443-917-1（平裝）

863.59　　108012145

蘋果文庫 122

怪談系列 2

吳郭魚婆婆

作者 | 跳舞鯨魚
繪者 | 本大麟

責任編輯 | 呂曉婕
封面設計 | 鐘文君
美術設計 | 曾麗香
文字校對 | 跳舞鯨魚、呂曉婕、謝宜真

創辦人 | 陳銘民
發行所 | 晨星出版有限公司
行政院新聞局局版台業字第2500號
總經銷 | 知己圖書股份有限公司
地址 | 台北 106台北市大安區辛亥路一段30號9樓
TEL：(02)23672044 / 23672047　FAX：(02)23635741
台中 407台中市西屯區工業30路1號1樓
TEL：(04)23595819　FAX：(04)23595493
E-mail | service@morningstar.com.tw
晨星網路書店 | www.morningstar.com.tw
法律顧問 | 陳思成律師
郵政劃撥 | 15060393（知己圖書股份有限公司）
讀者專線 | 04-2359-5819#230

印刷 | 上好印刷股份有限公司

出版日期 | 2019年8月20日
定價 | 新台幣250元

ISBN 978-986-443-917-1

Printed in Taiwan

由此填寫線上回函，就可以立即獲得晨星網路書店 50 元購物金。